KB183474

열두살, 그해 봄

최민초

중단편 소설집

도서출판
청어

열두 살, 그해 봄

최민초 중단편 소설집

작가의 말

꽃은 홀로 있을 때도 아름답다.

꽃다발로 만들어지면 더 조화로울 수도 있다.

흩어져 있던 꽃들을 모아 한 묶음의 꽃다발로 만들었다.

어떤 꽃다발이 될지 나는 모른다.

꽃의 향기가 누군가에게 전해진다면,

그 꽃은 영원히 시들지 않을 것이다.

꽃묶음이 빛나도록 추천사를 써주신 소설가 원종국 교수님께 감사의 마음을 전한다. 아울러 이 책이 발간될 수 있도록 애써주신 모든 분께 고마움을 전한다.

성북동 민초뜰에서

글꽃 · 민초

목차

귀침초鬼針草

버스에 올랐다. 뒤에서 세 번째 좌석이 비어있었다. 창가 쪽에 앉은 노인이 자리를 조금 여퉈주었다. 그녀는 고개를 숙이며 노인의 옆자리에 앉았다. 머리와 수염이 허연 노인에게서는 숲 냄새가 흘러왔다. 비 맞은 낙엽 더미, 혹은 짚동가리 썩는 퀴퀴한 냄새에 그녀는 자신도 모르게 킁, 숨을 들이마셨다.

며칠 전, 〈국제펜문학헌정비제막식〉겸 〈명천문학기행〉 참석 여부를 알려달라는 이메일에 망설임 없이 참가 신청을 했었다. 몇 년간 문단에 두문불출하던 그녀가 갑자기 보령행을 감행한 것은 무슨 까닭이었을까. 공교롭게도 검도 승단 시험 날짜와 겹쳐 있는데도 굳이 따라나선 이유는 무엇 때문이었을까.

출발 5분 전이었다. 창밖으로 목을 늘이고 두리번거리는 그녀를 보던 옆자리 노인이 장난기 섞인 투로 말했다.

- 왜? 화장하시게? 요 앞 빌딩 안에 있으니까 어여 댕겨오셔.

화장실 세면대 앞에서 손을 씻고 얼굴을 들었을 때, 그녀는 깜짝 놀랐다. 큰 새 한 마리가 눈을 파먹을 듯이 노려보고 있었다. 이글이글 타오르는 시뻘건 태양을 삼킨 새는 그녀의 책상 앞에 붙어있는 운보의 그림이었다. 날아오를 거야, 불타오를 거야. 그림을 볼 때마다 그녀는 웅얼거렸지만, 그녀 안의 새는 열정만을 끌어안고 날지도 불타지도 못한 채 박제되어 있었다. 그녀는 흡, 숨을 들이마시고 거울 속의 새를 훠이훠이 쫓았다. 허연 입김이 지워진 거울 안에는 초췌한 중년 여자가 퀭하니 마주 보고 있었다.

다시 버스에 올랐을 때, 뒷좌석 창가 자리에서 손을 번쩍 들며 반기는 이가 있었다. 문청 시절부터 알고 지내던 안경잡이였다. 언제부터인가 그녀는 그와 서먹하게 되어버렸다. 기분 좋게 술기운이 익은 어느 해 봄, 그녀의 출간기념회에서였다. 평소 가까이 지내는 20여 명의 동인들 앞에서 그가 불쑥 내뱉었다.

- 칫, 이런 글 나부랭이나 쓰신다는 게 영… 쩝!

'쓰신다는 게' 극존칭은 비아냥거릴 때 쓰는 그의 버릇이다. 매화나무를 심은 지 십여 년이나 지났는데도 매화는 꽃을 피우지 못하고 매화 등걸에 접붙은 엉뚱한 잡풀이 매화를 망친다는 직언이었다. 에세이 나부랭이는 집어치우고 닥치고 소설이나 쓰라는 속정일 터였다.

그가 비웃은 그 책을 쓰게 된 동기는 궁여지책이었다. 큐레이터 직업까지 버리고 글 쓰는 일에 몰두하던 20대 후배는 몹시 불안해했다. 그녀는 후배에게 별 도움이 되지 못했다. 그녀가 별도의 직업을 가진 것도 아니고 그나마 조금 있는 것을 나누어 쓰다 보니, 그녀의 생활까지 압박을 받았다. 후배가 그렇게 된 것이 전적으로 그녀의 책임이랄 수는 없지만 그렇다고 전혀 아니랄 수도 없었다. 도서관에서 그녀의 책을 읽었다는 후배는 한 달에 한두 번씩 그녀를 찾아왔고 비로소 자기 길을 찾았다며 나날이 푸르러져 갔다. 하지만 생계를 잇는 문제로 몹시 초조해했다. 그녀가 후배 걱정을 했을 때 안경잡이가 단칼에 일갈했다. 지 앞가림도 못하는 주제에 뭔 오지랖이랴?

닥치고 소설이나 쓰라는 에두른 충고인 줄 알면서도 그녀는 찔끔 눈물이 났다. 맞는 말이었다. 주제에 가당치도 않았다. 하지만 후배는 그녀의 과거이자 미래였다. 후배를 보면 글이 고파 허덕이던 지난날의 자신이 떠올랐고, 동시에 꿈에 부풀었다. 후배는 그녀에게 연민의 대상이자 동시에 푸른 꿈이었다. 다행히 안경잡이가 비웃은 에세이는 그녀의 생계에 도움이 되어주었고, 후배에게도 보탬이 되었다. 하지만 본격소설에 자신이 없으니까 에세이나 쓴다는 주위의 비아냥에 그녀는 은근히 짓눌려 있었다.

- 화장하고 오니까 더 환해지셨구려. 그래, 편안허시요?

노인이 껄껄 웃었다. 그녀는 자조적으로 읊조렸다. 새만 아니었으면 더 환했을 텐데. 날지도 못하는 빌어먹을 새!

그녀는 창밖에 시선을 둔 채 버스의 흔들림에 몸을 맡겼다. 지구본을 돌리는 것처럼 어지럽게 스치는 나무들 사이로 멀리, 시월 산이 시뻘겋게 불타고 있었다. 누렇고 푸르스름하고 불그죽죽하던 나뭇잎들은 시뻘건 색채에 후루룩 먹혀들어가 활활 타올랐다. 아아, 그녀는 신음을 뱉어냈다. 그녀 안에서 펄펄 열이 끓고 있었다. 저 산은, 붉은 기운이 가시면 곧 잎을 떨궈내고 겨울을 견디고, 봄이 오면 다시 푸른 옷을 꿰입고 당당하게 위세를 떨칠 텐데, 자신은 언제까지 이렇듯 형벌을 견뎌야 할까.

노인이 그녀의 이름표를 보며 생소하다는 표정으로 고개를 갸웃했다. 생소하다는 것은 존재감이 없다는 뜻이다.

- 전공이 무엇인고?

느닷없는 질문에 그녀는 당황했다.

- 아, 예. 소설…. 소설입니다.

'소설'이라고 말해 놓고 보니 여간 민망하지가 않았다. 자신이 무슨 소설을 썼는지 기억나지 않았고, 대표작이라고 꼽을 만한 것도 없었다.

그녀는 노인에게 고쳐 말했다.

- 아직 잘은 못 쓰지만 소설을 쓰긴 씁니다.

- 그래 어떤 글을 쓰시는고?

- 뭐, 그냥…

대충 얼버무리는 그녀에게 노인이 나무라는 투로 혀를 찼다.

- 소설도 종류가 많잖소? 역사소설, 기업소설, 연애소설, 판타지, 추리, 액션, 코믹, 새디….

그녀 안에서 뜨거운 것이 치받고 올라왔다. 어지러웠다. 토증이 일었다. 뒤집힌 그녀의 속내 따위는 아랑곳없이 창밖으로 스치는 붉은 산은 천연덕스럽게 계절을 뽐내고 있었다. 성냥불을 댕기면 확 불이 붙을 것처럼 활활 불타는 시월도, 뜨거운 가슴 속 열정도, 용광로처럼 활활 타오르는데 그녀는 여전히 추웠다. 대답 대신 잔뜩 웅크리는 그녀를 향해 노인이 딱하다는 듯이 쯧, 혀를 찼다. 그녀는 슬그머니 자세를 고쳐 앉았다.

자신을 동화 작가라고 소개한 홍 선생의 목소리가 마이크를 타고 차 안에 울렸다. 어제 그제 이틀 동안 퍼붓던 비가 그치고 맑게 갠 것이 축복이라며 그는 일정에 대해 몇 마디하곤 버스 기사를 소개했다. 누군가 기사님 잘 부탁해욥,

사랑합니당 했고, 그 말에 홍 선생이 입맛을 쩝 다셨다.

- 허이유, 난 요새 누가 나를 사랑한다고 허면 뮈섭더라구유. '사랑합니다. 고객님 SKT입니다. 사랑합니다. KT입니다'. 아니, 얼굴도 몰르는 사람덜이 죄 날 사랑한다고 허니 월매나 뮈섭것쉬유?

까르르, 웃음소리가 차 안에 번졌고, 그녀도 그들 속에 섞여 웃음을 보탰다. 노인이 돌쩌귀 씹는 소리를 쩍 뱉어냈다.

- 쌔고 넘쳐나는 글 세상에서 독창성이나 개성적인 글을 못 쓰면 이따위 문학기행이 다 뭣이며 헌정제막식이 뭐 말라비틀어진 쭈그렁 밤탱이야?

그녀는 힐끗 노인을 바라보았다. 언제 그런 말을 했느냐는 듯 노인의 눈빛은 깊은 산속에서 이슬만 삼키고 산 사람처럼 무연했다. 그때 왜 문득 엉뚱한 생각이 들었을까. 노인이 이승의 사람 같지 않다는…. 혹시 신선이 아닐까 하는….

노인이 그녀를 향해 고개를 돌리며 물었다.

- 그래, 명천하곤 어떤 사이인고?

명천이라는 말을 듣는 순간, 느닷없이 폭풍우가 그녀 안에 휘몰아쳤고, 그녀는 이리저리 떠밀리며 곤두박질쳤다. 그에게 받은 상처를 절대 잊을 수 없다는 독기, 혹은 한(限). 그 상처를 흐르는 물에 흘려보내려는 스스로에 대한 보호본능. 눈알이 튀어나올 듯이 살벌하게 으르렁대다가도 화해의 몸짓으로 뒤치락대는 노여움.

가슴 속 상처가 도깨비바늘처럼 달라붙어 그녀 안에서 분노를 키웠고, 이젠 글을 쓸 수 없다는 체념과 해내고야 말리라는 오기가 수시로 들쑤셨다. 내면의 투쟁은 서러움을 동반했고 그럴 때마다 그녀는 푸른 꿈에 대롱대롱 매달렸다.

- 아흐 재수읎어서, 증말!

느닷없이 느려터진 남자의 목소리가 그녀 안에서 툭, 튀어나왔다. 노인이 눈을 휘둥그렇게 뜨고 좌우 앞뒤를 살폈다.

- 지금 나한테 한 소리요?

- 아, 아닙니다. 설마 제가…. 절대 아니에요.

- 그럼 누가 한 소리요?

- 명천 선생님이요.

- 뭐라? 지금 뭐라 했소?

- 아, 아니에요, 그냥, 어디선가…. 꼼지가 했나 봐요.

얼떨결에 그녀는 얼토당토않게 둘러댔다.

- 꼼지? 꼼지가 뭐요?

꼬물꼬물, 꼼지락꼼지락, 깜냥깜냥 세상을 향해 발돋움한다는 그녀 나름의 의미를 붙인 '꼼지'는 그녀의 아이디였다.

노인은 약간 노기 띤 어조로 그녀를 몰아붙였다.

- 아, 명천 문학기행을 따라나섰다면 어떤 인연 쪼가리라도 있을 것 아니오? 이 바쁜 세상에!

인연 쪼가리? 그와의 만남은 인연이었을까. 악연이었을까.

명천이라는 이름을 처음 들은 것은 미학문화센터에서였다. 그녀의 글을 합평작으로 냈을 때 박 강사가 말했다.

- 명천 선생을 찾아가 봐요, 풍자와 해학적인 질펀한 문체랑 토속어, 사투리가 많이 닮아있어요. 아후, 난 솔직히 감당이 안 돼요. 트레바리, 곱삶이, 무거리가 뭔지.

박 강사는 그녀에게 전화번호가 적힌 쪽지를 건네주었다. 그녀는 명천을 찾아가기 전에 그의 소설을 찾아 읽었다. 그의 소설이 실린 〈3세대 문학전집〉도 한질 샀다. 그녀는 가뭄 든 논바닥에 소낙비 스며들듯 허겁지겁 빨려 들어갔다. 황석영, 이동하, 한승원, 문순태, 이문열, 오정희, 전상국…. 그 중에서도 특히 그녀와 동향인 명천의 소설은 별천지였다. 닳도록 비벼대던 고향의 느티나무와 언덕, 케케묵은 광속의 뒤주, 골방, 토광, 뜰팡, 다락방, 고욤나무 등을 떠올리게 했고, 그렇게 그의 소설은 그녀에게 새로운 생명을 부여했다.

설(說) 문화센터 수강생들은 거의 주부들이었고, 그들은 그녀에게 그닥 호의적이지 않았다. 자리가 부족해 서성거려도 옆자리에 놓인 책이나 가방 따위를 옮겨줄 생각을 하지 않았다. 자기들끼리 커피나 껌을 나누면서도 그녀에겐 관심조차 주지 않았다. 회원들이 야외수업을 다녀오고 그다음 주였다. 강의실 앞 의자에 앉아있던 명천 선생이 그녀를 불렀다. 긴 의자 옆자리를 가리키며 앉으라고 권했다. 그녀는 강의실 쪽을 바라보며 쭈뼛거렸다. 눈총을 받는 것은 정말 싫은 일이었다. 그녀는 뻣뻣하게 서서 약간 볼멘소리로 말했다.

- 시간이 다 되었는데요?

그녀의 불안 같은 건 아랑곳없이 그가 불쑥 물었다.

- 지난번 둥우리막대머리는 왜 안 왔다나? 서지 씨 때매 기껏 심들게 친구한티 부탁해서 주선한 자린디 말여.

그녀는 그런 곳에 가는 줄도, 들은 적도 없었다. 그냥 자기들끼리 야외 어딘가로 소풍을 가려니, 생각했을 뿐이다. 머뭇거리는 그녀를 그가 딱하다는 눈빛으로 흘겨보았다. 어찌 보면 화가 난 것 같기도 했다.

- 츱! 문학이라는 게 집구석탱이에만 처박혀 있다구 되는 게 아니구먼. 콧구멍에 바람도 쐬고 햇볕도 쬐고 그늘막이 뭔지 직접 느껴봐야능겨. 그려야 글두 나오구 싹두 트능거여.

두 달쯤 지났을까. 그는 문화센타 강의를 그만두었다. 무슨 대학에서 문학 강의를 한다고도 했고, 어디가 아프다고도 했고, 다른 일을 맡아 바쁘다는 소문이 분분했다. 얼마 후, 강남의 어느 문학 강좌에서 그가 강의를 한다는 소문을 귓결에 들었다. 그녀는 지체 없이 그곳을 찾아갔다. 강의실은 그의 명성에 걸맞지 않게 바짝 가물었다. 그녀는 오히려 독(獨) 선생을 차지한 물 만난 물고기였다. 그녀는 온갖 궁금증과 의구심을 풀어내며 쉴 새 없이 질문을 쏟아냈다. 그래, 언제까지 지껄일 참인지 두고 보자, 하는 눈빛으로 바라보던 그가 느릿하게 말했다.

- 슬! 밤낮 꼬추장 타 멕인 암탉츠름 왜 그릇키 호드닥댄디야? 소설은 하루아치게 뚝딱 되는 게 아니구먼. 진득허니 해야능겨. 진득허게.

안경잡이가 툭 나섰다.

- 어이, 깐난쟁이! 아직 한참 애기 같은디 엄마 젖좀 더 먹고 오셔. 응? 여긴 대학원이니께.

그때 그녀는 그 말뜻을 알아듣지 못했다. 끝도 없이 허기가 지고 배가 고픈 그녀는 원하는 대답을 얻어낼 때까지 끊임없이 질문만 해댔다. 돌이켜 보면 안경잡이에게 그녀는 빼도 박도 못할 골칫덩어리였을 것이다. 안경잡이와 말다툼이 잦은 그녀를 처음엔 명천 선생은 저 작것은 무에 그리 궁금한 것이 많티야. 욕심이 많어서 아매 처먹고 싶은 것도 많을겨, 하는 눈빛으로 못마땅하게 바라보더니 나중에는 그려, 고 터진 조동아리로 워디 한번 실컷 지껄여봐라, 하는 표정이었다. 빙긋이 웃음을 물고 있는 것을 보면 분명 안경잡이와 그녀의 티격거림을 즐기는 눈치였다. 하지만 그녀의 마른 텃밭을 축여주던 무논은 또 수문을 닫게 되었다. 그가 강의를 그만둔 것이다. 그녀는 뿌리내리지 못한 볍씨처럼 둥둥 부유했고, 또다시 혼자가 되었다. 그런 그녀에게 몇 달 후 그가 전화를 했다. 설(說) 문화센터로 다시 오라는 뜻밖의 내용이었다. 그녀는 또 그렇게 그와 조우했다.

몇 달 후, 그녀가 그의 아내가 입원한 병실을 찾아갔을 때 그는 병실 귀퉁이에서 원고와 씨름하고 있었다. 눈은 뻘겋게 충혈되어 있었고 입술은 부르터서 다른 사람 같았다. 예쁘지는 않지만, 이상하게 분위기를 정제시키는 것 같은 그의 아내가 그에게 말했다.

- 여보, 병원 밥 질릴 텐데, 서지 씨랑 나가서 저녁 먹고 와요. 머리도 식힐 겸.

- 밥은 무신, 환자도 못 먹는디.

그의 안내로 병원 옥상에 섰을 때, 붉은 해가 서쪽으로 막 기우는 중이었다. 산등성이로 넘어가는 해를 보며 그녀는 얼토당토않은 감정에 사로잡혀 있었다. 서울 시내에서 이토록 찬란한 광경을 본다는 것이 신기하면서도 저 석양처럼 지는 날이 곧 오겠지. 죽는 건 두렵지 않은데 글을 못 쓰고 죽으면 어쩐다지, 하는 안타까움으로 가슴이 터져버릴 것 같았다.

- 내가 수필집을 봐았는디 말여, 잘 썼드만. 아, 소설두 그

르키 쓰야능겨. 있는 그대루 꾸미지 말구.

바오로딸에서 나온 수필집은 신문, 방송, 잡지에 연일 소개되어서인지 펜들로부터 통영이나 강원도에서까지 멸치 박스, 대게 박스가 우편으로 우송해 왔었다. 멀리서도 강의 요청이 들어오기 시작했고, 원고료가 몇 배로 뛰었는데도 그녀는 수필과 연을 끊고 소설에 도전하고 있었다. 소설로 풀고 싶은 어떤 한(限) 같은 것이 그녀로 하여금 부쩌지를 못하게 했는지도 몰랐다.

- 참말 곱구만 그랴, 내 생전에 저르키 붉은 노을은 첨이구먼.

산 너머 저쪽 어딘가로 해가 꼴깍, 숨을 놓았을 때, 그가 그녀에게 바투 다가섰다. 그녀는 숨이 턱 막혔다. 그녀는 마치 상관에게 급한 보고를 올리는 부하처럼 얼떨결에 얼른 말했다.

- 안경잡이가 급한 일이 생겨 못 온다고 전해 달라고….

그는 그녀의 귀 언저리에서 무엇인가를 뚝 떼어내 그녀의 손바닥에 올려놓았다. 귀침초였다. 어디서 날아와 앉았을까.

- 찔러면 아픔시.

그는 뒷짐 진 등을 보이며 옥상 계단 아래로 성큼성큼 내려가고 있었다. 그녀는 손바닥에 놓인 귀침초를 멀거니 바라보았다. 어릴 때, 도깨비바늘이라고 불렀는데 옷에 달라붙으면 무서워서 미친 듯이 울곤 했다. 어머니가 옷에서 떼어 주며 말했었다.

- 미서울 거 읎어, 이건 한나두 버릴디 읎는 약초여. 생즙을 갈아서 상처에 바르면 그짓말츠름 낫어. 독벌레나 독사에 물린 것두 즉효여. 꽃두 줄기두 잎두 한나두 버릴디 읎이 귀한 약잰디, 뭬가 미섭다구 쌩난리여.

- 이까징거, 쌔고 쌨는디 머가 귀하다능기위? 도깨비 잡구신 같구만.

앵돌아져 골풀이를 하던 그녀에게 어머니가 조근조근 타일렀다.

- 쌔고 쌘중에두 귀한 게 있구 안 귀한 게 있는 겨. 그걸 알아볼 중 알으야 사램인겨. 눈이 열린 사램이 귀한 것을 알아보득끼.

그때 그녀는 그 말이 무슨 말인지 알아들을 수가 없었다.

홍 선생이 자기소개를 하라고 누군가에게 마이크를 넘겼다.

- 안녕하세요, 저는 호아라고 해요. 육 학년 칠 반이고요. 시를 씁니다.

나이가 무색할 정도로 낭랑한 목소리였다.

- 이렇게 햇빛 좋은 날, 이 버스를 탔다는 것이 꿈처럼 행복합니다. 그 답례로 미흡하나마 시를 선물하겠어요.

그녀는 정호승 시인의 「수선화에게」를 낭랑한 목소리로 읊기 시작했다. 그녀의 목소리가 차 안에 울려 퍼졌다.

울지 마라
외로우니까 사람이다
살아간다는 것은 외로움을 견디는 일이다
공연히 오지 않는 전화를 기다리지 마라
눈이 오면 눈길을 걸어가고
비가 오면 빗길을 걸어가라
갈대숲에서 가슴 검은 도요새도 너를 보고 있다
가끔은 하느님도 외로워서 눈물을 흘리신다
새들이 나뭇가지에 앉아 있는 것도 외로움 때문이고
네가 물가에 앉아 있는 것도 외로움 때문이다
산 그림자도 외로워서 하루에 한 번씩 마을에 내려온다
종소리도 외로워서 울려 퍼진다

그렇다. 산다는 것은 외로운 것이다. 죽는다는 것도 외로운 것이다. 살아있으면서 글을 쓰지 못하는 것은 더더욱 외로운 것이다. 지금 내가 그렇다.

그녀는 중얼거렸다. 빠르게 스쳐 가는 창밖의 풍경이 그녀의 생을 휙휙 휘감는 것 같아 가슴이 먹먹했다. 시린 물이 실핏줄을 타고 온몸으로 흘러 다녔다.

홍 선생의 유머에 사람들은 연신 탕글탕글한 가을볕 웃음을 쏟아냈다. 그녀는 눈살을 찌푸리는 노인을 못 본 척하며 홍 선생 쪽을 보았다. 그녀가 노인과의 대화에서 비누처럼 빠져나온 것은 홍 선생의 입담에 이끌린 때문이기도 했지만, 명천이라는 망집에서 빠져나오고 싶어서였다.

그 망집과 대적하고 싶었던 그녀. 그녀는 왜 망집을 피하는 것일까. 그녀의 머릿속은 뒤죽박죽 불타는 단풍처럼 뜨겁고 어지러웠다.

홍 선생이 느릿하게 말문을 열었다.

– 극도로 긍정적인 중학생 딸아이가 오늘 아침에 이러능규. 엄마, 나 하버드대 갈까? 서울대 갈까? 즤 어매가 뭐라 했것쉬? 저 지지배가 뚱딴지츠럼 뭘 잘못 먹었나 베? 하는 빛으로 멀뚱히 보는디, 극도로 긍정적인 딸아이가 극도로 긍정적인 결론을 내리등만유, 에이, 가까운데 걍 서울대나 가야겠따.

사람들이 또 까르르, 폭포수 웃음을 쏟아냈다. 그녀는 극도로 상큼하고 극도로 깜찍한 여중생의 모습이 떠올라 유쾌해졌다. 입가에 미소가 번지던 그녀가 경직된 것은 경문을 읊는듯한 노인의 목소리 때문이었다.

- 돌 속 깊은 곳에서 솟아 나오는 물은 얼지를 않지. 항상 흐르기 때문에 빙화(氷花)될 틈이 없지. 일 점 티끌도 없는 완벽한 순수. 그런 곳에서 생성되는 게 제대로 된 글이지.

그녀는 노인을 바라보았다. 어디선가 본 듯이 낯이 익기도 하고 매우 낯설기도 했다. 노인은 집요했다.

- 그래 명천하고는 어떤 사이인고?

어떤 사이? 그와는 어떤 사이일까? 그를 스승이라고 우기고 싶지만, 스승이라고 하기엔 너무 짧은 만남이었다. 그에게 강의를 들은 건 모두 합쳐 십사 개월, 만나온 햇수로는 고작 삼, 사 년 남짓이었다. 하긴 단 한 번의 스침으로 스승과 제자도 되고 연인도 되고 친구도 되는 게 인연이라지만…. 짧은 만남치곤 아픈 세월은 너무 길었다.

그런 어수선한 감정을 노인에게 이야기할 수는 없었다. 노인도 그녀의 개인사 따위는 더 이상 궁금하지 않은지 화제를 돌렸다. 명천의 인품, 만연체 문장의 독보적인 문체, 인간미, 문단에서의 갈등을 해소시킨 그의 역할 등은 훈훈한 후일담이었다. 노인은 마당 가득 뱀을 기르는데 독사가 사랑스럽다는 이야기, 방안으로는 절대 들어오지 않되 한번 안으로 들어오면 밖으로도 나가지 않는다는 이야기 그리고 문학을 하게 된 동기나 글쓰기의 어려움, 가치관이나 문학관, 문학을 대하는 태도 등을 노인이 묻고 그녀가 대답했다.

- 자네에게서 좋은 기가 느껴지는구먼. 좋은 글을 쓸 걸세.

그녀는 속으로 헛헛하게 웃었다. 그거 다 허깨비가 길러주는 약물중독입디다. 으레 하는 칭찬 몇 마디에 중독되어 하늘 높은 줄 몰랐더이다. 재능을 타고난 줄 알고 뿔난 토깽이처럼 날뛰었더이다. 지금 제 꼴이 뭡니까. 돌부처 같은 님(소설)의 가슴에 바늘구멍도 못 낸 것이 그러하고, 산 중턱에 걸려 헥헥거리는 꼴이 그러하잖습니까.

차가 보성리 복지회관 앞에 도착했다. 회관 앞은 진흙으로 질척거렸고, 그 위에는 두툼하게 볏짚이 깔려 있었다. 그녀는 진흙과 짚동가리 냄새를 킁킁 들이마셨다. 울렁거리던 속이 차츰 가라앉았다. '이곳 관촌마을은 명천의 연작소설 〈관촌수필〉 무대로서….'

회원들이 펜 문학협회 국장인 해설자를 빙 둘러싸고 설명을 듣고 있었다. 그녀는 생각했다. 그는 왜 그 흔한 문학비조차 세우지 못하게 했을까. 우물 속 같은 그 속내를 알 수 없었지만, 굳이 따지자면 육신마저 자연에게 되돌리려는 노자관(老子觀)이 아니었을까.

제막식이 끝나자 헌정비 앞에서 사진을 찍는 사람들로 소란스럽고 분주했다. 회관 입구에 마련된 〈관촌마을 방문기

념〉 사인 게시판에는 이미 다른 이들의 글씨로 빽빽했다. 그 틈바구니에 그녀는 이렇게 썼다. 〈선생님, 저 왔어요, 암탉〉

- 암탉? 인자부텀 깐난쟁이를 암탉이라고 불르야것구먼.

뒤돌아보니 안경잡이였다.

암탉. 깐난쟁이. 그 별명의 정서를 안경잡이와 그녀가 아니고선 누가 이해하겠는가. 그들을 이 마을로 이끌어 놓고 훠이훠이 가버린 또 한 사람 말고는.

- 그만 들어가지.

안경잡이에게 떠밀려 그녀는 마을회관 안으로 들어갔다. 안에는 음식이 준비되어 있었다. 입안이 까슬거렸다. 속이 더부룩한 탓이었다. 그녀는 안경잡이가 따라준 맥주를 단숨에 들이켰다. 찬 기운이 짜르르, 실핏줄을 타고 몸으로 번졌다. 체증이 좀 내려앉는 것 같았다. 누군가 그녀를 주시하고 있다는 느낌에 퍼뜩 고개를 들었을 때, 한 여자와 눈이 마주쳤다. 빤히 보던 여자가 호들갑스럽게 아는 체를 했다.

- 워매, 이게 누구랴? 살다봉께 이런디서두 만나누먼.

제법 친한 반말 투로 반겼지만 어디서 만난 누구인지 그녀는 통 기억에 없었다. 요즘 건망증이 예사로 들락대더니 치매가 오는가, 싶었다.

- 글은 많이 썼것지유? 워낙 다아작을 했으니께.

'다아작'이라는 억양에 비아냥거림이 실려있다고 생각한

것은 말투 때문이었을까. 다아작을 했음에도 아직도 요 모양 요 꼴이냐, 비웃는 것만 같은.

어찌 보면 쓸데없는 열등감일 것이다. 어쨌든 '다아작'이라는 그녀의 말은 부인할 수가 없어서 대충 얼버무렸다.

- 아, 예. 그렇지요, 뭐.

빈속에 두 잔째의 맥주를 들이켰다. 한기가 쫙, 몰려왔다. 감기 몸살이 덮칠 것 같았다. 그녀는 따뜻한 국을 청해 밥그릇에 자꾸 토렴질을 했다. 저 여자가 누구였더라? 생각하며 젓가락질을 하던 그녀는 단음을 내질렀다. 아!

여자는 명천의 제자를 자처하던 뒤스럭쟁이였다. 의술의 힘을 빌려 얼굴은 변했지만, 말투는 옛 모습을 고스란히 담고 있었다. 연말쯤이었을까. 회식 자리였는데 가운데 명당자리를 비워두고 회원들이 명천 선생에게 앉기를 극구 청했다. 그녀와 함께 늦게 들어선 그는 들은 둥 만 둥 구석진 빈자리에 앉으며 그녀에게 앞자리를 가리켰다.

- 편하게 앉으셔.

그녀는 좌불안석이었다. 쏟아지는 눈총과 가시방석에서 밥맛이 있을 리 없었다. 그때 양은그릇 우그러지는 소리가 귀청을 파고들었다.

- 에이구, 슨생님. 질투 나서 죽것쉬유. 우덜은 쳐다두 안보면서 대꾸 이니만 이뻐하구 그런대유우?

여자가 명천의 팔을 그악지게 끄잡아 당겼지만 그는 꿈적 않는 바위처럼 앉아 있었다.

- 아, 이서지랑 나랑은 시상 말질 입질 그런 거랑은 딴판이니께, 염렬랑 붙들어 매시구 어여 가서 자그덜 볼일이나 보셔어.

그녀는 음식을 씹는지 먹는지 맛을 느낄 수가 없었다. 그는 하던 이야기를 계속 이어댔다.

- 뭐가 기 중 기억에 남는다남?

그녀는 70년대 작가들 작품이 정서에 잘 맞는 것 같고 어둠의 자식들, 징 소리, 장마, 대문 앞에서, 등을 들먹였고 장편은 대망, 수호지, 토지를 읽었다고 대답했다. 그는 채만식, 김유정, 김동리 소설을 읽으라고 하더니 수첩을 북 찢어 뭐라고 몇 자 써서 그녀에게 주었다. 거기에는 〈목사의 딸들〉 〈자유종〉 〈죽음에 관한 연구〉가 적혀 있었다. 그녀는 그 종이를 받아 수첩에 조심스럽게 끼워 넣었다.

- 문단에 말여, 별루 안 여쁜 여자가 있는디 말여. 근디 그으을을 잘 씀시. 모임에서도 아무도 안 봐주고 말도 잘 못 허는디 그으을을 잘 쓴단 말임시. 아, 그으을을 잘 쓰니께 누가 뭐라남? 글쟁이는 글을 잘 쓰야능겨.

못생겼으니 글을 잘 써야 한다는 것인지, 글만 잘 쓰면 못생겼어도 괜찮다는 것인지, 아리송했다. 그날 노래방으로 몰려갔는데 그녀도 안경잡이에게 이끌려 합류했다. 돌아가면서 노래를 부르라는 억지에 그녀는 '세월이 가면'을 불렀다. 문밖으로 막 나오는데 문 앞에 서 있던 그가 그녀의 손을 잡았다.

- 앞으롤랑 그런 청승스런 노랠랑은 부르질 말어, 청승맞은 노랠 불르면 인생두 청승스러.

그때 또 뒤스럭쟁이가 쫓아와 헤살을 놓았다.

- 어이구, 슨생님두 참내. 워치케 하냥 이니만 이뻐한대유? 진짜 이쁘면 말을 안혀.

뒤스럭쟁이는 그녀의 등짝을 때리며 하하하, 웃어댔다. 그녀는 그 상황을 어떻게 대처해야 할지 곤혹스러웠다. 뒤스럭쟁이의 눈총에도 아랑곳없이 그는 그녀의 손을 잡은 채 태연하게 말했다.

- 손은 왜 이르키 차다나?

그녀는 뱅뱅 돌아가는 천장 불빛이 어지러웠다. 뒤스럭쟁이가 그에게 잡힌 그녀의 손을 확 풀어 버리고 그를 이끌고 무대 앞으로 갔다. 그때가 몇 년 전이었을까.

젓가락 부딪는 소리, 웃는 소리가 뒤섞여 시끄러웠다. 그 소리를 뚫고 뒤스럭쟁이가 옆에 앉은 이와 두런거리는 소리가 들려왔다. 올해에 장편 공모를 해 보고 안 되면 출간을 하겠다는 이야기였다.

안경잡이가 그녀를 힐끗 보았다.

- 헤이 애기! 저런 말 들음성두 아무치도 않은 겨? 깐난시절 그 열정은 워디 갔다나? 차라리 꼬추장 타 멕인 암탉마냥 호드닥댈 때가 좋았는디 말여.

그랬다. 그때는.

밤낮 소설을 쓴답시고 골방에 파묻혀 지냈다. 각종 공모전에 보내고 또 보냈지만, 번번이 낙선이었다. 본심에서 탈락한 그녀를 안타까워 한 문청 친구들은 문학판이 썩었다고, 자기들끼리 짜고 치는 고스톱판이라고 울분을 토하기도 했다. 그녀도 한때 문청들과 섞여 어줍잖게 비판한 적이 있었다. 하지만 그것은 자신의 무능함을 인정하기 싫은 억지였고 패배자의 합리화였다. 생각해 보면 터무니없고 잡스러운 피해의식이었다.

- 글은 많이 썼다남?

잡도리하듯이 돌려치기 할 때와는 달리 안경잡이의 표정에는 안쓰러움이 배어 있었다. 작가가 글을 못 쓴다는 것만큼 고통스러운 일은 없을 것이다. 그녀는 차오르는 열화(熱火)를 간신히 견뎌내고 있었다. 글 따위는 이미 포기했다고 생각했는데 아직 열정이 남아있다는 것은 차마 토할 수 없는 고통이었다.

자작을 하던 안경잡이의 얼굴이 불콰했다.

– 한날은, 슨생님이 이러시더만. '괜찮은 사램이 있는디 자긔두 알만한 이여. 쓰잘데기 없이 넘성대는 딴 여자들맨치로 나돌아치지도 않구 묵묵히 글만 쓰는디 지켜봐아. 자긔보다 나아뵈는 작것들한티는 영리한 개츠름 짖어주는 그런 족보읎는 부류들하곤 영 딴판여' 낭중에 알고 봉께 깐난쟁이더먼. 하참, 맥이 안 찬겨. 내가 슨생님 곁에 삼 년 넘두룩 들러붙어 있었는디두 누굴 칭찬하는 소릴 듣덜 못 했는디 말여.

그녀는 헛소리하지 말라고 소리 지르고 싶은 걸 꾹 눌러 참았다. 함께 합평 받던 할머니 글도 별로던데, 칭찬만 '깨서 말'은 쏟더라고 내쏘고 싶었다. 그녀는 그 기억이 어제일처럼 생생했다. 머리가 허연 할머니와 그녀의 글을 합평했던 그날, 명천 선생은 그 할머니의 글을 한 줄 한 줄 토씨까지 꼼꼼하게 지적하면서 잘 썼다고 칭찬했다. 그녀와 대각선에 앉은 노 부인의 손에 들린 원고는 그가 고쳐준 빨간 글씨로 빽빽해서 태양이 타는 것처럼 눈이 부셨다. 그녀의 몫으로 남은 시간은 십오 분뿐이었다. 심장을 갉아대는 소리가 부쩌지를 못하게 했다. 그녀의 감정 따윈 아랑곳없이 그는 마냥 굼뜨기만 했다. 부스럭부스럭 원고 뭉치를 만지작대던 그는 급할 것도 서둘 것도 없는 목소리로 불쑥 내뱉었다.

– 아흐, 재애수 읎어서, 증말!

명사수의 총알이 빛의 속도로 그녀의 심장을 뚫고 지나갔다. 강의실 안에 싸한 정적이 휩쌌다. 날카로운 시선들이 그녀에게 쏠렸고, 우렁우렁 꿈속인 양 환상인 양 그의 말이 귓가에 흘러들어왔다.

- 아, 21세기 문학상 본선 심사를 보는디 말여, 이청준이가 한참을 디다보더니만 아 이러능겨. 아깝긴 한데 문장이 설익었어. 하매 툭 내던지능겨. 아, 뭔디 그랴, 하고 끄내서 보니께 아, 이 작것이더라니께! 아흐 증말, 재애수 읎어서 말이지.

그는 원고 뭉치를 허공에 대고 거칠게 흔들며 흥분했다.

- 아, 소제도 좋고 끌고 가는 힘도 좋은디 말여. 아, 선생 뒀다 국 끓여 먹을 껴? 처박아 놨다 짱아찌 담궈 잡술껴? 아, 지가 그릇케 잘 났으면 왜 여길 기어 나온다남, 기어 나오길!

그녀는 숨을 쉴 수가 없었다. 강의실 안은 기분 나쁜 열기로 가득했고, 회원들은 그녀를 힐끔거리며 강의실을 빠져나갔다. 그녀의 몸은 갱엿을 발라놓은 것처럼 의자에서 옴짝하지 못했다. 강의실은 텅 비었고 얼마의 시간이 흐른 후, 누군가 다가와 그녀의 어깨에 가만히 손을 얹었다.

- 서지 씨, 놀랐지요? 나도 놀랐는데 본인은 얼마나 놀랐겠어요.

금 선배였다. 선배가 그녀의 귓가에 머리카락을 끼워주며 나직하게 말했다.

- 선생님은 서지 씨를 엄청 아껴요. 누구나 알 수 있어요.

선배가 그녀를 일으켜 세웠고, 차에 태우고 어딘가로 갔다.

- 평소에 서지 씨를 지켜보았는데 중심이 꽉 서 있더라고요. 열정적으로 묵묵히 글을 쓰는 모습이 보기 좋았어요. 주위에서 수군거려도 흔들림 없이 당차서 부러웠고요.

조수석에 앉은 그녀는 선배가 심기를 풀어주려고 애쓰고 있구나, 생각만 들 뿐 그저 멍했다.

그는 허름한 선술집에 혼자 앉아 있었다. 그녀는 의자에 털썩 앉으며 앙칼지게 운을 뗐다.

- 선생님. 제가 아무리 죽을죄를 지었어도 그렇지, 어떻게 제자에게 스승이, 그것도 몇 번씩이나 재수 없다고 말할 수 있습니까. 그 많은 사람 앞에서 말입니다.

선배가 당황해서 서지 씨, 서지 씨, 하고 불렀지만, 그녀는 태어나서 재수 없다는 말은 처음 들었다고 포달을 부렸다. 그는 어느 집 암탉이 새벽도 아닌데 울고 지랄이냐는 듯이 무심했고, 이렇다 저렇다 해명도 사과도 없었다. 그의 그런 무심함이 더 분해서 그녀는 거침없이 분풀이를 해댔다.

- 서지 씨, 서지 씨, 이러면 어떡해요. 아유, 어떡해.

선배가 몸 둘 바를 몰라 하며 달랬지만 그녀는 벌떡 일어나 마지막 한마디로 마무리했다.

- 다시는! 다시는 선생님 앞에 서는 일은 없을 겁니다.

그것이 그의 문하생으로서 마지막 결별이었다. 그의 문하를 떠난 후, 그녀는 이를 악물고 문학에 전념했다. 먹는 시간, 자는 시간, 화장실 가는 시간까지 아끼며 목숨을 걸다시피 했다. 혼자 힘으로 공모해서 신인상을 받을 때, 뜻밖에도 그가 사람들을 헤치고 그녀 앞으로 다가왔다. 문단 말석 끄트머리를 간당간당 붙잡은 햇병아리인 그녀를 향해 그가 환하게 웃으며 느릿느릿 다가왔다. 그렇게 환한 웃음은 처음이었다.

- 그것 봐, 그릇키 혼나더멈 상두 타고 좋잖여.

그에게 우르르 달려드는 그의 펜들이 원하는 대로, 그는 한자리에 붙박여 서서 여러 차례 사진을 찍고는 그녀에게 손짓했다. 여어 와, 여 서봐. 그와 함께 사진을 찍으면서도 그녀의 낯꽃은 웃는 것인지 우는 것인지 온통 일그러졌다. 그가 웃었다고 해서, 사진을 함께 찍었다고 해서, 그녀 속에 켜켜이 쌓인 감정이 사그라진 것은 아니었다.

회원들은 가이드를 따라 한 줄로 긴 행렬을 이루고 그의 뼈를 뿌렸다는 솔숲으로 향하고 있었다.

- 어이, 암탉! 언능 와.

안경잡이가 그녀에게 손짓했다.

그녀는 텃밭을 가로질렀다. 속이 꽉 찬 배추가 흙내를 물씬물씬 풍기며 푸르게 자라고 있었다. 밭둑을 온통 점령한 호박넝쿨에는 호박꽃이 만개하여 방만하게 꽃술을 자랑하고 있었다. 족두리처럼 노란 꽃을 머리에 인 애호박들이었다.

- 소두 말여, 자긔가 유리한 곳에서 씨름을 허야 승산이 있는 겨. 어느 쪽으로 끌고 가야 싸움에 유리한가. 비빌 언덕은 있는가. 물러설 때가 언제인가…. 그런 계산을 허야 씨름에서 이기는 벱여. 소설두 마찬가진 겨. 내 밭이 워떤 토질인지, 워떤 농사를 지어야 허는지, 정확히 알고 덤벼야한단 말임시.

자기만의 밭을 찾아 농사를 지어야 한다는 그 뜻을 그때는 잘 알아듣지 못해 그녀는 눈만 끔벅댔다. 생각해 보면 고욤나무를 심어야 하는 밭에 화려한 장미를 심었던 것은 아니었을까.

그녀는 늙은 호박 구덩이에 있는 흙을 한 줌 파서 어린싹 뿌리에 꼭꼭 여며주었다. 시월도 이제 막바지인데 저 어린 싹은 어느 세월에 열매를 맺을 수 있을까. 곧 닥쳐올 추위에 얼어 죽지나 않을지 문득 후배 생각이 나서 안쓰러웠다.

그를 마지막으로 본 것은 그의 병실에서였다. 암으로 생사를 오가며 투병한다는 소식은 듣고 있었지만, 선뜻 찾아나서지 못했다. 출간 업무로 편집실에 들른 그녀는 급히 서두르는 문예지 편집장에게 얼떨결에 떠밀려 택시를 탔고 느닷없이 그와 마주하게 되었다. 거즈로 그의 입술에 연신 물을 묻혀주던 그의 아내가 그의 귀에 대고 조그맣게 말했다. 여보, 서지 씨 왔어요. 그가 입술을 움직거려 아내에게 뭐라고 말했고 그의 아내가 그녀에게 전했다.

- 글을 열심히 쓰라네요. 깊고 큰 글을.

'깊고 큰 글' 그녀는 울컥 눈물이 솟구쳤다. 깊고 큰 글을 쓰라면서 그때 왜 그랬습니까? 그 한마디로 혼과 뇌를 묶어놓고 이렇게 훠이훠이 가시는 이유는 도대체 무슨 경우입니까?

그러나 숨을 놓기 몇 초 전에 그렇게 따져 물을 수는 없었다. 어디가 얼마나 아프길래 이 구질구질한 병석에서 못 일어나는 것입니까, 대거리를 할 수도 없었다. 미세하게 일렁이는 그녀의 어깨를 그의 아내가 지그시 눌러 감쌌다. 사랑하는 이를 멀리 보내면서도 담담하게 받아들이려는, 그 초연함을 잃지 않으려는 아내의 의연함에 그녀는 솟구치는 속울음을 삼켰다.

그의 유해를 뿌렸다는 솔숲에는 울긋불긋한 옷을 입은 회원들로 단풍 동산을 이루었다. 회원들은 해설자에게 그의 문학세계와 일대기에 대해 듣고 있었다. 저쪽 구석에 홀로 선 안경잡이가 괜히 소나무를 발로 툭툭 차고 있었다. 가까이 가보니 끅끅 울고 있었다.

그녀는 하늘을 한껏 올려다보았다. 하늘로 쭉쭉 뻗은 솔숲 끝 사이를 비집고 찬란한 햇빛이 미친 듯이 쏟아져 들어오고 있었다. 그는 무엇이 되어 저토록 찬란한 빛을 쏟아내고 있는가.

솔숲에 개미 떼처럼 모여 있던 회원들은 어느새 동굴 속으로 숨어든 것처럼 사라지고 없었다. 안경잡이도 저만치에서 쓸쓸한 등을 보이며 휘적휘적 내려가고 있었다.

회원들이 모두 빠져나간 솔숲에는 휑하니 적막감이 감돌았다. 그녀는 애잔하게 흔들리고 있는 붉은 단풍 한 잎을 떼어 책갈피에 끼웠다.

- 선생님, 여기서 편안하신가요?

대답 대신 작은 새 떼가 포르릉 포르릉, 낮게 날며 장난질을 쳐댔다. 그녀는 할 말이 있을 것 같은데 아무것도 생각나지 않았다. 그때 왜 그랬느냐고 인제 와서 부사리처럼 들이받을 수도, 그렇다고 사과하라고 아망을 떨 수도 없었다. 다만, 그녀 안의 알 수 없는 열기, 활활 타는 불덩이를 토해내고 싶다는 열망으로 가슴이 터질 것 같았다. 그 불덩이를 토해내야 숨을 쉴 것 같았다. 산 아래쪽으로 내려가던 한 여자가 갑자기 돌아서 오는 것이 보였다. 가까이 다가온 여자가 소중한 비밀을 말해주듯 그녀에게 속삭였다.

- 있잖아요, 명천 선생님 유골이 뿌려지던 날이었대요. 단아하게 생긴 한 여자가 땅바닥에 쪼그리고 앉더니 뼈를 한 조각 집어서 손수건에 곱게 싸더래요. 그리곤 소나무를 끌어안고 한참을 서 있다가 저 아래로 내려가더라네요.

누군데요? 묻지도 않았는데 여자가 대꾸했다.

- 평소에 선생님을 존경했던 제자나, 뭐 그랬겠지요?

여자의 동그랗게 뜬 눈 위로 눈썹이 꿈틀, 치켜 올라갔다.

- 아, 예. 그랬군요.

그녀의 대꾸에 여자가 멋쩍게 한 모금 웃더니 뒤돌아섰다. 저만치 뛰듯이 내려가는 여자의 노랑 모자에 달린 방울술이 동화처럼 흔들렸다.

길가에는 관광버스가 대기하고 있었고, 안경잡이가 손짓하며 부르는 소리가 들렸다. 암탉, 어여 와.

그녀는 급히 등을 돌렸다. 하지만 발이 떨어지지 않았다. 바지 아랫단이 소나무 가지에 걸려 있었고 무릎께에는 귀침초가 닥지닥지 달라붙어 있었다. 그녀는 소스라쳐 풀썩 주질러 앉았다. 오래도록 그녀 안을 갉아댔던 재수 없다는 그 말이 귀침초처럼 달라붙었다. 그녀는 무릎을 싸안고 한참 동안 그러고 있었다.

귀침초를 떼어내려고 그녀가 허리를 굽혔을 때, 솔숲에서인지 바람 속에서인지 추임새를 넣듯 느릿한 말소리가 들려왔다.

- 푹푹 썩으야능겨. 썩으야 거름이 되지. 그려야 꽃도 피고 새도 깃들이고 봄도 오능겨.

급할 것도 쫓길 것도 없는 느릿한, 분명 명천 선생의 목소리였다.

- 책은 다 읽었다남?

- 무, 무슨 책을요?

- 쯧쯧, 그래 가지구선 뭔 글을 쓴다구.

그녀는 귀침초를 떼어내던 손짓을 멈추고 가만히 있었다.

- 아, 이 나라 소설쟁이덜이 밤낮 눈에 불을 켜고 칼을 갈고 있는디 노상 지난 일에만 붙잽혀 허송세월 헐라남? 그럴 겨를 있으면 책을 한 자라도 디다봐아, 작것아.

그녀의 몸에서는 비 오듯 땀이 쏟아졌다. 붉은 열기가 안에서 활활 타고 있었다. 순간 그녀 안에서는 느닷없이 엉뚱한 갈망이 쏟아져 나왔다. 아아 님이시여. 비를 내리소서. 소설 비를 내리소서. 세상을 거꾸러뜨리는 황진이처럼 내 손도 자판도 거꾸러뜨리고 글자의 조합을 거꾸러뜨리고 스승을 거꾸러뜨리고 소망을 거꾸러뜨리고 해독 불가능을 거꾸러뜨리고…. 님이여 비를 내리소서. 소설 비를 내려주소서.

신들린 무녀처럼 간절함을 보태는 그녀는 어떤 다른 여자 같았다.

아래로 허청허청 내려오는 그녀의 귓가에 스승의 목소리가 귀침초처럼 따라붙었다.

- 닥치고 소설이나 쓰셔. 재수 없게 노상 징징대지 말고.

불현 듯 어머니 말씀이 뇌리를 스쳤다. 귀한 걸 알아볼 줄 알으야 사램인겨. 그렇다면 '재수없다'는 그 말을 내가 미처 이해하지 못했던 것일까. 그 말은 그 나름의 풍자, 혹은 반어법이 아니었을까. 숲을 보지 못하고 나무만 본 그녀가 그것을 고깝게 여기고 제풀에 눌려 스승의 존재를 지우고 또 지웠던 것은 아니었을까. 주술에 걸린 그녀가 돌부처가 돌아앉은 이유를 스승에게 덮어 씌었던 것은 아니었을까, 생각하며 그녀는 산 아래로 허청허청 내려왔다.

버스에 오르자, 홍 선생이 과장되게 그녀를 나무라는 시늉을 했다.

- 아니, 사람덜을 한 시간씩이나 지달리게 해놓구선 몰래 워디갔다 인저 온대유?

십 분을 한 시간으로 늘려 능청스럽게 나무란 것은 그녀의 무안함을 무마하려는 배려였다. 고개 숙여 사과하는 그녀의 귓가에 잔뜩 애교 섞인 콧소리가 뒤쪽에서 들려왔다.

- 웜매, 늦어서 죄송허유. 앞으롤랑 잘 하께유우.

그녀의 뒤를 이어 막 버스에 오르던 뒤스럭쟁이였다.

- 아, 앞으로만 잘하면 되것쉬유?

홍 선생의 너스레에 뒤스럭쟁이가 넙죽 받았다.

- 아, 앞으로두 잘하구 뒤로는 더 잘하께유.

버스가 뒤집어질 듯 휘청거렸다. 덕분에 그녀의 무안함 같은 것은 물속에 선 긋기였다. 유머라곤 반 푼어치도 없는 그녀는 뒤스럭쟁이의 손이라도 덥석 그러쥐고 싶었다. 하나도 버릴 게 없는 것이 사람이라던 어머니의 목소리가 도깨비바늘처럼 따라붙었다.

버스에 올랐을 때, 옆자리 노인이 보이지 않았다. 아직 노인이 타지 않았다는 그녀의 말에 뒷좌석에 앉은 남자 회원 둘이 동시에 대답했다.

- 처음부터 비어있었는데요?

- 네? 그럴 리가 없어요!

안경잡이가 농담조로 물었다.

- 암탉, 혹시 소설 쓰는 거 아녀?

- 아니에요. 절대 아니라니까요. 틀림없이 이수로라는 명찰을 봤고요, 강원도 산골 어디에서 독사랑 함께 산다고 했

어요.

독사라는 말에 사람들이 와하하하, 크게 웃어젖혔다. 홍 선생이 집행부에 '이수로'라는 이름을 확인했지만 그런 이름은 없다고 했다. 그녀는 기시감에 사로잡혔고 혹시 꿈을 꾸었나 싶었다.

- 이젠 비울 때가 되었구만. 채우기에 급급하면 체하게 마련이지. 비워야지. 그래야 피가 맑아지고 좋은 기가 흐르는 법. 그때만이 온기가 돌아오지. 온기란 생명을 얻는 열쇠라네.

분명 노인의 빈자리에서 들려오는 소리였다. 도대체 이 노인은 누구일까? 토정? 화담? 명천? 그 누구도 아니라면 그 셋을 합친 또 다른 누구일까?

차창 밖을 바라보던 그녀는 깜짝 놀랐다. 산자락에 해가 시뻘겋게 걸려 있었다. 분명 태양을 삼킨 새, 운보의 그림, 아니, 그녀 안의 새였다. 홰를 치며 힘차게 날아오르는 새는 지평선 끝자락에서 활활, 제 몸을 태우고 있었다.

-《한국소설》발표

열두 살, 그해 봄

자동차 시동을 막 걸었을 때, 핸드폰 벨소리가 울렸다. 핸드폰 안에서 들려오는 진이의 목소리가 다급했다.

- 혹시, 서효 소식 들었니?

나는 쿵쿵 뛰는 심장을 누르고 낮게 물었다.

- 서효가… 죽었니?

- 아직 잘 모르겠어.

- 근데 왜 갑자기?

- 어젯밤 꿈이… 무서워서 전화도 못 해보겠고. 꼭 한번 가본다는 것이.

'꼭 한번'을 벼른 지가 벌써 2년째였다. 진이와 통화 끝에는 항상 그렇게 약속했다. 시간 되면 꼭 한번 가보자. 그 뒷말에는 '죽기 전에'라는 줄임말이 꼬리표처럼 숨어 있었다. 한 달 전에도 진이와 통화를 하면서 서효 이야기를 했다.

- 꼭 한번 가봐야 하는데.

서효가 서울에 살 때는 진이와 셋이 홍대 앞이나 대학로에서 가끔 만나곤 했지만, 대전으로 이사한 후로는 통화조차 뜸했다.

- 혹시… 죽었으면… 어떡하지?

진이의 목소리가 불안스레 떨리고 있었다. 친구 하나가 세상에서 사라졌을지도 모른다는 두려움은 생각보다 컸다. 진이의 떨리는 목소리가 심장 안으로 쿵쾅쿵쾅 밀려들었다. 깊은 잠을 잘 수 없다며 진이가 하소연한 적이 있었다. 큰 구렁이가 온몸을 칭칭 감고 있는데 몸부림치면 칠수록 구렁이 혀가 몸속 깊이 박혀 든다고. 때로는 컴컴한 공사장 구석에 혼자 웅크리고 있거나, 높은 벼랑에서 천 길 낭떠러지를 내려다보며 벌벌 떨고 있다고도 했다. 그때마다 진이는 서효를 생각한다고 했다.

진이는 꽤 이름 있는 잡지사 사회부 기자였다. 신문방송학과를 졸업한 그해 그 잡지사에 입사했고, 상승세를 달리던 그녀는 어느 날부터인가 조금씩 수척해졌다. 나는 그 이유를 묻지 못했다. 내가 말하기 싫어하는 것을 누군가 묻는다면 나는 표독스럽게 쏘아보았을 것이다. 그건 내게 금기였듯이 그녀에게도 금기일 수도 있었다.

진이의 목소리가 절박하게 전해져왔다.

- 니가 좀 해볼래? 전화.

나는 매몰차게 거절했다.

- 싫어, 니가 해봐.

- 난 정말 두렵단 말야.

울 듯한 목소리였다. 진이의 변화를 지켜보는 건 고통이었다. 당당하던 진이에게 도대체 무슨 일이 있었기에 그토록 환하던 모습이 사라져 버린 걸까.

결국, 내가 하기로 했다. 만약 서효가 전화를 받는다면 오늘은 꼭 가봐야겠다고 작정했다. 마침 그 근처에 볼일이 있기도 했다.

갑자기 핸드폰의 무게감이 엄청나게 느껴졌다.

통화음이 길게 흘렀다. 1초 2초… 5초…. 무언가 가슴안에서 휑, 빠져나가는 느낌이 들었다. 그는 갔구나… 가 버렸구나…. 체념하면서 귀에서 핸드폰을 뗐을 때, '여. 보. 세. 요….' 하는 잠기 가득한 소리가 들려왔다. 아! 나는 짧게 탄성을 질렀다. 안도와 반가움이 코르크 마개를 딸 때처럼 퐁, 솟았다.

- 서효야.

울컥 치받는 감정으로 눈앞이 뿌예졌다. 그러나 기쁨과 안도를 감추고 시니컬하게 물었다.

- 너, 아직 안 죽었니?

그는 잠에서 갓 깨어난 목소리로 나직하게 대꾸했다.

- 응, 아직.

찡그린 그의 표정이며 입술 언저리의 미소가 눈앞에 떠올랐다. 그의 숨소리를 들으며 가만히 숨을 참았다. 쿵쿵 뛰는 내 심장 소리가 귀로 들리는 것이 아니라 마음 안에서 거세게 불협화음을 일으키고 있었다. 그는 아직도 잠기 있는 목소리로 물었다.

- 서운하니? 아직 안 죽어서?

나는 흐응, 웃었다. 아무렇지도 않은 척. 그러나 저 먼 곳으로부터 달려오는 말발굽 소리처럼 내 안 깊숙한 곳에서 울음이 달려 나오고 있었다.

- 여전히 안 죽고 투석하고, 입 퇴원을 반복하고 뭐, 그러고 있어.

서효는 지금 막 밥 먹었어, 혹은 이제 막 일어났어, 하는 투로 말했다. 2년 전이나 지금이나 그는 여전히 여행을 떠날 여행자 같았다. 너 아직 안 죽었니? 내가 그렇게 물은 것은 반어법이었을 것이다. 아직 죽으면 안 돼! 아직 이렇게 젊은데. 이제 겨우 서른둘인데…. 이렇게 호들갑이나 청승 떠는 것을 그는 딱 질색했다.

나는 과장되게 소리를 높였다. 내 솔직한 감정을 표현해 버리면 걷잡을 수 없이 무너질 것 같아서였다.

- 그래, 서운하다, 어쩔래?

내 목소리가 떨리고 있었다. 서효는 여전히 감정의 파고가 없었다.

- 고마워.

- 뭐가?

- 내가 기다리는 것을 함께 기다려줘서.

서효와 통화를 했다고 전하자 진이가 꽃망울이 터지는 소리로 탄성을 질렀다. 어머나! 아직 살아있었구나! 오랜만에 듣는 밝은 목소리가 짠했다. 우울하고 지쳐있던 진이가 예전의 활기찬 모습으로 돌아올 수만 있다면 나도 지금보다 덜 힘들까?

나는 진이에게 물었다.

- 함께 가볼래? 마침 그쪽에 볼일이 있어서 가려는 참인데.

내가 다니는 회사 거래처가 대전 중심가에 있다. 그곳에 가서 볼일을 마치고 올라올 때마다 서효에게 한번 가볼까, 몇 번을 망설였지만 끝내 발길을 향하지 못했다. 까부라질 듯한 몰골, 퀭한 눈빛, 이승을 반쯤 떠났을 혼(魂)…. 나는 솔직히 서효의 몰골뿐 아니라 그의 무너진 눈빛을 마음에 담고 돌아올 자신이 없었다. 진이도 그랬을까.

진이는 출구를 발견한 사람처럼 신중한 느낌이었다. 어떤 큰일을 앞둔 혁명가의 그것처럼 사뭇 진중함이 전해져 왔다. 오래된 친구는 느낌으로도 알 수 있다.

- 그래? 그럼, 거기서 만나. 난 여기 일 좀 처리하고 떠날게.

진이는 출발하면서 연락하겠다며 전화를 끊었다.

거래처에 들러 미얀마에 보낼 원단 샘플을 정하고 미팅을 끝냈다. 거래처 직원들과 간단한 점심을 마치고 차를 마실 때였다. 유 과장이 키가 훤칠하고 서글서글한 옆자리의 신입사원을 보며 내게 물었다.

- 이안 씨, 혹시 만나는 사람 있어요?

나는 그를 쏘아보았다. '오지랖은!' 그런 눈빛으로.

그가 무안쩍은 표정으로 변명하듯 얼버무렸다.

- 아니, 뭐, 이렇게 매력적인 이안 씨가…. 어쩐지 사회적인 손실 같아서.

신입사원은 나와 눈이 마주치자 귀염성 있게 웃었다. 나는 자리를 털고 일어서면서 잠깐 생각했다. 아직도 서효의 정신세계는 사월의 버드나무처럼 청정할까.

병실 문을 열었을 때, 서효는 침대에 앉아 창밖을 보고 있었다.

은행잎 색 카디건 안에 환자복을 입은 서효는 몹시 야위어 보였다. 눈이 퀭한 그가 나를 보고 노란 얼굴로 달무리처럼 웃었다. 그는 오랜만이야, 하고 악수를 청하지도 않았고, 너무 늦게 찾아온 나에게 서운한 빛을 보이지도 않았다. 그저 가끔 만나는 친구처럼 담담하게 나를 맞았다.

- 잘 지냈지?

서효가 나에게 잘 지냈느냐고 물었다. 잘 지냈나? 내가? 한시도 편안한 적이 없었던 나는 응, 하고 대답했다. 잠깐 어색한 침묵이 흘렀다.

- 여긴 너무 답답해.

그가 기우뚱, 몸을 일으켰다. 한쪽 무릎이 땅에 닿을 듯 다리를 절며 앞장서 걷는 그의 뒷모습이 나를 십 년 전으로 이끌고 갔다. 성당에서 청년회 간부회의가 막 끝나고 회원들이 흩어지며 소리 높여 떠들고 있을 때, 그가 이안아, 하고 불렀다. 단단한 망울을 물고 있는 우람한 목련 나무 아래로 다가온 그는 짧고 간략하게 말했다.

- 모두에게 말했어.

- 뭘?

- 우리가 사귀는 사이라고.

그는 몹시 어려운 일을 해낸 사람처럼, 하얀 목련처럼 수줍게 웃었다. 나는 말귀를 알아듣지 못한 사람처럼 하! 입을 벌리고 그를 바라보았다. 조금씩 숨을 돌린 나는 독기를 뱉어내듯이 독살스럽게 쏘아붙였다.

- 야! 너 미쳤구나? 미친 거 맞지? 말이 되니?

선천성 소아마비 장애가 있는 그에게 그 말이 치명적인 줄 알면서도 나는 거침없이 비웃었다.

- 사귄다고? 나랑? 언제? 언제부터 사귀었는데?

속사포처럼 쏘아댄 것은 직설적인 내 성미 탓도 있지만 어떤 말을 해도 솜처럼 스며드는 그의 성정을 믿어서였을 것이다.

- 널 좋아해. 사랑하는 것도 같고.

- 사아랑? 웃기는 소리 한다! 왜애! 결혼한다 그러지? 아이도 있다고 헛소문도 퍼트려 보시지? 당장 가서 말해!

- 뭘?

- 우리 그런 사이 아니라고.

그는 별로 당황해하지도 않고 희미하게 웃었다.

- 나중에 기회 되면 말할게.

- 지금 당장 말해. 그렇게 해야 해.

- 네가 편하다면 그렇게 할게.

그 뒤 나는 쌀쌀맞게 그를 외면했다. 당연히 우리 사이가 어색해졌지만, 그는 아무 일도 없는 듯이 평소처럼 나를 대했다. 그 후에도 그의 고백이 혹시 꿈이었나, 싶을 만큼 그는 덤덤하게 나를 대했고, 친구의 자리를 허물지 않고 늘 거기만큼의 거리에 서 있어 주었다.

서효가 안내한 곳은 병원 뒤뜰 벤치였다. 은행잎이 발목께까지 쌓인 벤치에 앉아 두 아름쯤 돼 보이는 은행나무를 올려다보았다. 은행나무 가지 사이로 보이는 하늘은 드높고 푸르렀다.

- 괜찮니? 병원에선 뭐래니?

그는 담배 연기를 뱉으며 대꾸했다.

- 별말 없어.

- 담배를 피우면 안 되는 거 아니니?

그렇게 나무라고 싶은 걸 겨우 참으며 그에게 물었다.

- 먹고 싶은 건 없니? 필요한 거, 뭐 없어?

담배 연기를 훅, 뱉어내며 그가 불쑥 말했다.

- 목욕.

그가 또 목욕 타령을 했다. 서울에서 출발하여 신탄진을 지나면서 필요한 것이 없느냐고 전화로 물었을 때, 그는 간단명료하게 대답했다.

- 목욕.

그는 하늘이 맑네, 하는 투로 투명하게 말했다. 그에게 목욕이란 어떤 의미였을까. 신께 돌아가고 싶다는 발씻김의 의미였을까. 나는 너의 예수가 아니야! 소리치고 싶은 걸 꾹 누르며 나는 매우 현실적인 언어로 쏘아붙였다.

- 야! 그걸 왜 나한테 말해? 너희 엄마도 있고 형도 있잖아!

수면으로 떠 오르지 못해 안달하는 내 열두 살의 분노가 출구를 찾은 것처럼 엉뚱한 쪽으로 튀었다.

- 넌 내가 우습니?

그는 아무렇지도 않게 수긍했다.

- 응.

- 뭐? 뭐가 우스운데?

누군가를 향한 증오가 내 안에서 부글부글 끓고 있었다. 왜 그럴까. 그동안 안간힘을 다해 누르고 있던 울분을 왜 하필 지금 분출하려는 것일까. '까짓것. 나도 누구 하나쯤 죽이면 뭐 어때?' 그런 맹랑한 생각이 왜 하필 죽음을 코앞에 둔 서효 앞에서일까.

그가 내 눈을 가까이 들여다보았다.

- 너, 많이 힘들구나?

그는 마치 너, 배고프구나? 하는 투로 무심하게 말했다.

나는 그의 눈을 피해 그의 머리 위로 떠도는 구름을 바라보았다. 울컥 쏟아지려는 눈물을 들키고 싶지 않은 나는 눈을 껌벅거렸다.

서효가 은행나무 가지를 올려다보며 나직하게 말했다.

- 근데 말야. 상처란 안으로 파먹는 게 아니라, 밖으로 피워내야 하는 거야. 그래야 제대로 이긴 거고.

나는 그에게 한 번도 이야기한 적이 없었다. 만약, 그가 시 한부가 아니었더라면 내 열두 살의 봄을 말했을까. 그날 유난히 애처롭던 수선화 이야기를 기어코 하고야 말았을까.

은행 나뭇잎을 손안에 움켜쥔 내 손이 푸르게 떨고 있었다.

그가 담담하게 말했다.

- 사람은… 누구나 가시 하나쯤은 가슴에 품고 산다지?

잠시 침묵이 흘렀고, 그가 이안아, 하고 불렀다.

- 난 그 말이 참 좋더라. 아까 네가 한 그 말.

나는 고개를 외로 꼬곤 흥, 비웃었다.

- 내 안의 부처를 죽여야 부처가 산다. 뭐 그런 뜻으로 받아들인 거야? 어쩌지? 난 그렇게 고상한 철학은 흥미 없는데?

- 네 안의 너를 들여다봐. 그리고 물어봐. 답은 그 안에 있어.

나는 흠칫했다. 혹시 그가 나의 열두 살을 알고 있는 건 아닐까. 진이가 말했었다. 그를 만나면 편하다고, 아무 말을 하지 않아도 많은 말을 주고받은 것처럼 위로가 된다고. 글쎄, 난 잘 모르겠다.

그해 봄, 나는 왜 졸고 있던 수선화를 그토록 오래 들여다보았을까. 여섯 개의 흰 꽃잎 속에 둘러싸인 노란 암술을. 나르키소스의 흉내를 내고 싶었던 것은 아닐 테고.

나는 손바닥 안에서 바싹 으깨진 은행잎 가루를 입으로 후, 불었다. 은행잎 가루가 허공으로 흩어졌다. 나는 눈을 감고 읊조렸다. 다 털어내고 싶어. 이 더러운 오물 찌꺼기.

서효도 그랬을까. 자신에게 달라붙은 생의 오욕을 말끔히 씻어내고 싶었을까. 그래서 목욕을 원하는 걸까.

노랗게 쌓인 은행잎 때문인지 서효의 얼굴이 누렇게 떠 보였다. 그래서였을까 그에게 연민을 느낀 것은.

- 목욕시켜 주는 사람은 없니?

그가 콧잔등을 잔뜩 찡그렸다.

- 봉사자들이 가끔 해주긴 하는데….

서효가 담배 연기를 허공으로 퐁, 뱉어냈다. 그의 입에서 빠져나온 연기가 허공에서 동그라미를 만들어냈다. 그는 동그라미 안에 검지를 넣어 뱅뱅 돌리는 시늉을 했다. 신기하게도 담배 연기가 그의 손가락 놀림에 따라 빙빙 돌았다.

- 도움을 받을 땐 부끄럽지 않니?

그가 또 이맛살을 찡그렸다.

- 가장 수치스러운 건 말야, 내 몸을 함부로 다루는 것도,

내 남성을 보이는 것도 아니야.

잠시 침묵이 흘렀다.

- 존엄성이란 무엇일까, 생각할 때면….

그가 무슨 말인가를 하려다가 꼬리를 사렸다. 어쩐지 그 뒷말은 죽고 싶어, 하고 이어질 것만 같았다. 그는 또 혼잣말처럼 읊조렸다.

- 목욕하고 싶어.

그는 존엄성의 회복을 목욕으로 치환하고 싶은 걸까. 예수 앞의 시몬 베드로가 되어 씻김을 받고 싶은 것일까. 나는 그런 복잡한 것은 싫었다. 예수나 신, 그따위 것은 더더욱 싫었다.

나는 짐짓 위악적으로 쏘아댔다.

- 야! 그렇다고 내가 목욕을 도와줄 순 없잖아!

그 말은 '그렇다고 내가 너를 죽여줄 순 없잖아!' 그렇게 말하는 것 같았다. 수북이 쌓인 은행잎을 보면서 나는 아주 잠깐 생각했다. 나는 왜 살갗이 닳도록 목욕에 집착했을까.

그가 원하는 목욕과 내가 원했던 목욕의 의미가 같지는 않을 것이다. 나는 누군가가 나를 만지는 것이 싫었다. 규가 나를 만지거나 옷깃을 건드리면, 소스라치곤 했다.

- 왜 그래? 너, 병이니?

3년을 만나온 규가 정색을 할 때마다 나는 뭐라고 대답했더라? 그저 눈에 눈물을 가득 담은 채, 그를 바라보았던가. 그리곤 수선화 이야기를 하게 될까 봐 서둘러 그의 방을 나왔다.

바람이 불고 있었다. 은행잎이 우수수 스스스 쏟아져 내렸다. 서효는 발목께를 덮은 은행잎을 손으로 사사삭, 쓰다듬었다. 그의 손짓이 피아노 건반을 두드릴 때의 여느 오후처럼 유연했다. 처음 보았을 때 그는 귀공자처럼 환했다. 수려한 외모와 나직한 말투, 슬픔을 정제시킨 듯한 깊은 눈빛, 사물에 대한 명쾌한 해석, 잠언적 언어…. 그 때문인지 그를 연모하는 여자애들이 많았다. 대학 새내기 성아도, 여고생인 준미도 그의 곁을 맴돌았다. 대학 3학년인 미연이가 아픈 눈으로 그를 바라보면서 조금씩 여의어갔다. 결혼하자고 조르던 미연은 무심한 그를 견디지 못했는지 유학을 가버렸다.

철학을 전공한 서효는 무슨 심사인지 심리학 학위를 받더니 나중에는 신학대학에 다녔다. 그가 수사 신부가 되었을 때, 사람들은 그에게 참 잘 어울리는 직업을 택했다고 환하게 축하해 주었다. 여자애들은 몰래몰래 숨어서 울었다. 그런데도 나는 그를 한 번도 남자로 느낀 적이 없었다. 그가 소아마비라는 사실이 벽처럼 가로막고 있었던 때문일까. 아니면, 그해 봄 때문이었을까. 아무튼, 그가 그냥 친구로는 괜찮은데 연인은 싫었다. 데이트를 하거나…. 사랑을 나누거나…. 하여간에 나를 만지는 건 싫었다.

함께 버스를 타거나 지하철을 타면 나는 으레 그를 앉은 자리에서 밀어냈다.

- 야! 비켜! 레이디 퍼스트! 몰라? 넌 그냥 서서 가도 괜찮아.

나는 자리를 차지하고 앉아 천연덕스럽게 책을 보거나 이어폰을 귀에 꽂고 탱고나 재즈를 들었다. 버스 손잡이에 매달린 그가 한쪽 발로 딛고 위태롭게 흔들리면서도 나와 눈이 마주치면 싱긋 웃었다. 나는 눈살을 찌푸리며 눈을 치떴다.

- 뭐? 불만 있어?

대학로에서 셰익스피어의 '햄릿' 연극을 보고 찻집에서 그와 마주 앉았다. 오셀로, 리어왕, 맥베스 4대 비극에 관한 이야기로 논쟁을 벌이다가, 그가 말했다.

- 네가 참 좋아.

- 뭐? 약 먹었니?

- 넌 논쟁할 때 비유를 기막히게 풀어내.

- 약 먹었냐고!

- 넌 항상 나를 그냥 평범한 사람으로 봐주었어. 그런 사

람은 너밖에 없어.

- 그럼, 니가 뭐? 비범하냐?

그는 그냥 웃기만 했다. 웃기만 하는데 환했다. 화사하게 피어있는 목련처럼. 걸을 때면 허리가 반쯤 휘어지면서도 그는 늘 그렇게 환했다. 어느 날, 그는 느닷없이 수사 신부복을 벗어버리고 대덕연구단지에 있는 연구소의 연구원으로 갔다. 얼마 후, 홍대 앞에서 진이와 셋이 만났을 때, 서효가 말했다.

- 결혼하고 싶은 사람이 생겼는데 어머니 반대가 심하셔.

- 반대 이유가 뭐래니?

진이의 물음에 그가 아무렇지도 않게 대꾸했다.

- 어머닌 당신 자식이 지상에서 최고인 줄 아시거든. 병이지.

진지한 표정으로 진이가 그에게 물었다.

- 우리가 너희 엄말 한번 만나보는 건 어때?

그는 짧게 체념했다.

- 그럴 필요, 뭐 있어? 반대하는 결혼을 하면 여자애만 힘들어. 관두지, 뭐.

그는 별로 고민하는 것 같지도 않았다. 마치 예견하고 있었다는 듯이 체념한 빛이었다. 나는 상대 여자애도 장애가 있는지 물었던 것도 같다. 그는 아니, 하고 짧게 대답했다.

어느 가을날 다시 만났을 때, 서효는 '2년 시한부' 선고를 받았다고 말했다.

- 선천성 신부전증이래.

그는 마치 남의 이야기를 하듯 담담하게 전했다. 신장이식을 해야 하고, 이식한다 해도 2년을 넘기기 어렵다고.

오히려 놀라고 충격을 받은 쪽은 진이와 나였다. 우리 셋은 대학은 달랐지만, 스무 살 무렵, 성당 청년회에서 만났다. 서효가 회장이었고, 진이는 부회장이었다. 3, 4년 전까지는 청년회 회원 예닐곱 명이 곧잘 어울렸는데 일상에 쫓기면서 하나둘 떨어져 나갔다.

- 어떻게 해야 서효가 살 수 있을까?

진이는 눈이 퉁퉁 붓도록 울었다.

- 그 애가 없어지면 어쩌니? 내겐 복음 같은 친구인데.

진이는 이 경황에도 서효 걱정보다 제 걱정하는 것이 한심하다며 소리 내어 울었다. 진이와 내가 할 수 있는 일은 밤늦도록 술을 축내는 일뿐이었다. 사람은 왜 죽어야 할까. 인간은 고통을 받으면서도 왜 살아야 할까. 어차피 죽을 건데, 왜 태어났을까. 너무도 진부한 넋두리를 하면서 밤새 술잔을 기울였다. 그날 진이는 많이 취했고, 술의 힘을 빌려 짤막짤막하게 힘겨웠던 자신의 이야기를 털어놓았다. 진이에게는 엄청난 충격이었을 그 사건을 기획실에 고발한 후

동료들이 자신을 점점 멀리하고 있다는 이야기. 여전히 그 짐승 같은 짓이 계속되고 있다는 이야기, 아이를 몰래 유산한 이야기. 아무도 모르게 자살을 시도했던 이야기까지.

- 이 씨이발 같은 세상!

그날 나는 맥주잔을 들어 어항을 향해 던졌던가. 그 후 나는 진이를 보는 것이 힘들어졌다. 진이도 그랬는지 우린 서로 만남이 뜸했다. 의례적인 안부를 물으며 전화로 통화하는 것이 고작이었다. 진이와 나는 살해당했다. 아무도 모르게 교묘하게. 라쇼몽의 대숲 이야기에 이런 구절이 있다.

'사람이 살인할 때는 도구를 사용한다. 하지만 그들은 칼이나 총 대신, 권력으로 살인한다. 피 한 방울 흘리지 않고 교묘하게. 피해자에게는 잔혹한 살인이다.'

1년 후, 우리 셋이 대전에서 다시 만났다. 치료에 지친 서효는 기력이 다한 노인 같았다. 입 퇴원을 반복하면서 치료를 받는다고 했다. 그날 서효가 자기 어머니 이야기를 했다.

서효는 의대에 가기를 원하는 어머니의 뜻을 거스르고 철학과를 택했다. 어머니와 마주치지 않기 위해 새벽 버스를 타고 학교에 갔고 막차를 타고 집에 돌아왔다. 도서관에서 시간을 보냈던 덕분에 그는 과에서 수석을 했다. 어머니의 집착은 걷잡을 수 없이 커져갔다. 그는 어머니가 원하는 일은 무조건 어긋 쳤다. 예를 들어 비 맞는 것을 싫어하는 어머니에게 시위하듯 종일 비를 맞으며 마당에 서 있곤 했다. 말없이 지켜봐 주는 생물학자인 아버지와는 달리 어머니는 그를 신처럼 떠받들었다. 어머니에게 그는 곧 신이었다.

- 지독한 중증이지.

담배 연기를 후훅 뿜어내는 그의 눈은 음울하게 젖어 있었다.

노란 은행잎이 쌓인 병원 뒤뜰은 죽음을 코앞에 둔 노인의 초겨울처럼 을씨년스러웠다. 벤치에 비스듬하게 몸을 기댄 서효가 간간이 숨을 몰아쉬고 있었다. 나는 불안을 누르고 가만히 그를 보고 있었다.

- 내 버킷 리스트가 아직 두 개나 남았어. 그것이 나를 괴롭혀.

- 그게 뭔데?

- 어머니 안에서 나를 죽이는 것, 그래서 어머니를 독립적으로 만드는 것. 이것이 나의 마지막 치유야. 그런데 실패야. 어머니는 절대로 나를 떼놓지 않으실 분이야.

- 나머지 하나는?

- 나를 죽이는 것.

- 자살 뭐, 그딴 거 말이니?

- 그런 거라면 진즉에 했겠지.

내 가슴은 아까부터 불규칙하게 뛰고 있었다. 그의 눈빛이 어디론가 곧 사라질 듯이 깊고 우멍했다.

- 어머니의 집착이 나에게는 독이야.

그의 핸드폰 벨이 요란스럽게 울렸다. 그는 폴더를 열고 액정화면을 가만히 응시했다. 벨 소리는 오래도록 울리다가 사라졌다.

- 난 어머니 안에서 온전히 지워지기를 원해. 그것이 어머니에 대한 나의 마지막 예우야.

벨 소리가 다시 울렸을 때, 그는 손에서 핸드폰을 떨어뜨렸다. 액정화면에는 〈현이 엄마〉라고 떠 있었다. 그가 핸드폰을 주우려고 허리를 굽혔지만 손에 닿지 않았다. 나는 폰을 주워 그에게 주었다. 스피커를 통해 들리는 목소리가 다소 들떠있었다.

- 현이가 선생님 전화 받고… 밥도 먹고 말도 했어요. 무슨 말씀을 어떻게 하셨길래…. 사흘 동안 꼼짝 안 하고, 밥도 안 먹던 애가….

현이 엄마는 울고 있었다. 고교생인 현이는 중학생 때부터 그가 돌보던 장애우라고 했다.

- 넌, 아직도 청소년 심리 상담인가 뭔가, 그 일을 하니? 넌 누가 돌보니?

내 빈정거림에 그가 담담하게 말했다.

- 내게 숨이 남아있다는 건, 아직 할 일이 남아있다는 뜻일 거야.

- 너는? 넌, 누가 돌보는데? 너의 하나님? 너의 신? 그들은 왜 너를 이 지경으로 놔두는 건데?

나는 신을 믿지 않았다. 내가 청년회에 들어간 것은 신에게 기대고 싶은 간절함 때문이었다. 하지만 그곳은 내 고통과는 무관하게 너무도 평화로웠다. 만약 신이 있다면 신은 왜 어린 나를 함정에 빠트렸을까. 그 검은 손아귀에 왜 버려두었을까. 서효의 신은 왜 그에게 장애를 주었으며 서둘러 데려가려는 것일까. 진이는 왜 그 지경이 되도록 돌보지 않는 걸까. 도대체 왜?

그러고 보면, 한 번도 서효에게서 자신의 장애에 대한 혹은 신에 대한 원망이나 푸념을 들은 기억이 없다. 그에 비하면 내 아픔 같은 건 한낱 엄살에 불과한 것일까. 아니, 그렇지 않아. 살아있음의 치욕스러움을 그는 알까.

습한 늪에서 헤어나고 싶은 나는, 얼마나 자주 목욕을 했는지, 얼마나 자주 죽을 결심을 했는지, 신은 알고 있을까. 어린 내가 짓밟히는 것을 지켜보기만 한 당신, 당신은 누구를 위한 신인가요! 내 호흡이 거칠어졌다. 하학하아악, 서효가 가쁘게 숨을 몰아쉬기 시작했다. 나는 도움을 청할 사람을 찾아 주위를 두리번거렸다. 그가 깊은 눈으로 도리질을 하며 낮게 말했다.

- 고요함은 모든 것을 이긴다.

그는 잠깐 동안이라도 고요하게 있고 싶다고 했다.

- 더 이상의 치료는 받고 싶지 않아. 이것은 나를 위한 마지막 배려야.

나는 쇠꼬챙이처럼 여윈 그의 몸을 스캔하듯 훑었다. 두레박을 들고 그를 향해 달려가는 내 안의 나를 보았다. 수선화를 들여다보던 열두 살의 그 아이.

갑자기 욕조의 물을 다 퍼먹여서라도 그의 몸을 부풀리고 싶다는 엉뚱한 고집 같은 것이 스멀스멀 피어올랐다. 그의 손을 이끌고 샤워실로 향했다. 병원 샤워실이래야 욕조에 비닐 커튼이 쳐져 있고, 욕조 밖에는 변기와 세면대가 전부였다. 나는 욕조에 물을 반쯤 채우고 그를 가만히 뉘었다. 허깨비 같은 그의 몸이 부레처럼 둥둥 떠올랐다.

- 이안아!

병실 문을 막 나서는 내 등 뒤에서 그가 내 이름을 불렀다. 나는 멈칫 서 있었다.

- 세상은 아름다움으로 가득 차 있어. 넌 그걸 누릴 권리가 있고.

나는 시니컬하게 대꾸했다.

- 됐고! 죽을 땐 꼭 연락해라.

- 그럴게.

병실 문을 닫은 나는 눈을 꼭 감고 읊조렸다.

- 서효야, 기다려줘서 고마워.

핸드폰 안에는 규의 부재중 전화가 여러 통 떠 있었다. 메시지를 들여다보았다. 〈어디야? 늦지 말고. 이따 봐.〉

6시, 프라자 호텔 VIP룸에서 규 어머니의 생신 파티가 열릴 것이다. 규에게 중요한 것들이 왜 내겐 중요하지 않을까. 커서가 깜박거리며 대답을 재촉했다. '연락처를 삭제하시겠습니까?' 내 손이 천천히 확인 버튼을 눌렀다. 짧은 음과 함께 규는 어둠 속으로 잠겨버렸다. 규는 죽었다. 피 한 방울 흘리지 않고. 나는 그를 살해했다. 아무도 모르게 교묘하게.

사라지는 모든 것들은 아름답다고 누가 말했던가.

서른둘, 젊은 죽음을 과연 아름답다고 할 수 있을까. 서효를 다시 볼 수 없다는 것은, 뭐랄까… 우주 반쪽을 빼앗긴 듯한 그런 느낌이었다. 나는 세상에 남아 그의 몫까지 아름다움을 누릴 자신이 없었다. 세상은 우리에게 그다지 너그럽거나 관대하지 않았다.

진이는 지금 얼마나 힘들까. 죽음을 코앞에 둔 서효는 얼마나 무서울까. 그 두려움의 무게는 각자 짊어진 고통의 크기에 따라 다를 것이다.

- 이안아, 서효가 갔어. 신기하게도 얼굴이 꽃 같아!

서효 소식을 들은 것은 서울로 향하는 고속도로에서였다.

진이는 울지 않았고 비 개인 후, 들꽃처럼 해맑은 목소리였다. 나는 흡, 숨을 삼키고, 급브레이크를 밟았다. 끼익! 뒤따라오던 자동차의 급브레이크 밟는 소리가 귓전을 찢었다. 동그란 담배 연기 안에서 서효가 웃고 있었다. 그는 여전히 환했다. 목욕탕에서 본 그의 벗은 몸은 마른 갈댓잎처럼 서걱거렸고, 소아마비 한쪽 다리뼈는 해골처럼 드러나 보기 흉했다. 그의 흉한 다리뼈에 내 손길이 닿았고, 정성스럽게 씻기기 시작했다. 그것은 그에게 해줄 수 있는 전부였고, 또한 나를 씻기는 의식이었다. 내 손이 가만가만 그의 덧살을 만졌다. 그의 숨이 가빠졌다. 생명을 놓기 위한 마지막 의식이었을까. 뜻밖에도 그의 덧살이 불끈 솟았다. 그의 덧살을 나의 살 홈에 깊숙이 밀어 넣었다. 그것은 나를 죽이는 의식, 새 삶의 꽃 피우기였다. 그가 짧게 신음했다. 순간, 규의 모습이 떠올랐다. 왜 그래? 너 병이니? 나는 왜 끊임없이 규로부터 도망치고 싶었을까. 흰 꽃잎이 떠받치고 있는 노란 암술이 다칠까 봐 지레 겁을 먹었을까.

서울 변두리, 문밖의 수선화가 졸고 있던 내 열두 살의 봄. 세탁소를 하던 우리 집에 놀러 온 이웃집 아저씨의 그 손짓이 늘 무거운 쇠망치처럼 내 숨을 틀어막고 있었다. 나를 만지게 버려두고 외출한 엄마 아빠를 용서할 수 없었다. 그 응징으로 나를 만지는 것을 허락하지 않았다. 하루에도 수십 번씩 몸을 씻어내는 일만이 유일한 구원인양, 나는 몸이 퉁퉁 불 때까지 물속에 있었다. 물속은 도피처였지만 동시에 공포이기도 했다. 내 의식도 물 위에 뜬 공처럼 둥둥 떠다녔다. 나는 왜 태어나서 이 더러운 함정에 빠졌는가. 신이라는 존재는 과연 있기는 한가. 혹 신은 그들 편일까. 나는 누군가를 사랑할 수 있을까. 그날 이후, 내가 나인 적이 한 번도 없었다.

- 야! 이! 미친년아! 뒈질려고 환장했냐? 왜 거기 서서 지랄이야, 지랄이!

남자의 욕지거리가 귀에 착, 달라붙었다. 그 욕지거리가 어쩐지 내 안의 썩은 균을 싹 쓸어가는 것처럼 후련했다.

졸고 있던 수선화가 반짝 깨어났다. 그것은 어린 나와의 조우였다. 나는 헉! 숨을 토해냈다. 내 안의 정체 모를 어떤 덩어리, 때늦은 오르가슴이었다.

-《월간문학》 발표작

어쨌든 첫사랑

〈설(說)마실〉 모임은 한 달에 한 번 있다. 〈설(說)마실〉은 소설가 지망생들 동호회이다. 모임이 있는 날은 으레 누군가의 합평작이 매타작을 당하는 날이다. 대부분 그 뒤끝은 쓰라리기 마련이다. 혀끝에 칼날을 달고 신랄하게 비평하고 도리깨질을 하던 회원들도 막상 당사자 입장이 되고 보면, 누구도 자유로울 수 없다. '제대로 된 소설을 위해서'라는 명목으로 거침없이 비평하지만 때로는 그 도가 지나쳐 자칫 아슬아슬한 인격 모독의 경계에 설 때도 있다. 맷집이 단단해져야 한다는 것쯤 회원 중 모르는 이가 없다. 그렇다고 해도, 막상 쓴소리를 듣고 보면 속이 좋을 리 없다.

인사동 찻집 벽시계는 오후 6시를 가리키고 있다. 분위기는 여전히 묵지근하게 가라앉아 있다.

오늘 홍규의 합평작은 문제작임에 틀림이 없다. 하지만

주인공이 왜 혀를 잘리면서까지 미각에 집착해야 하는지, 그 심리묘사가 형상화되지 못했다는 비평이 있었고, 주제가 집착인지 미각인지 첫사랑인지 모호하다는 의견도 있었다. 왜 하필 표절 시비에 휘말린 작품의 제목을 차용했느냐, 작자의 의도를 모르겠다는 지적도 있었다.

일곱 명의 회원은 아무도 일어날 기척을 보이지 않는다. 묵직한 침묵만이 계속되고 있다. 오늘의 합평작 주인공은 홍규지만, 비단 당사자 한 사람만 심란한 것은 아닐 것이다. 회원들도 마찬가지다. '좋은 소설을 쓰기 위해'라는 명제는 분명하지만, 소설이라는 것이 쉽게 써지는 게 아니라는 사실을 모르는 이는 없다. 그래서 합평을 하고 나면 모두 진이 빠진다. 묵지근한 침묵을 깬 누군가가 엉뚱한 제안을 한다. 어쩌면 그는 답답한 분위기를 바꾸어 볼 요량이었을 것이다.

- 오늘 밤 기차를 타는 건 어때?

누군가가 맞장구를 친다.

- 무창포! 무창포 어때?

그도 이 분위기를 변화시키고 싶었을 것이다.

오양순이 반짝 생기를 머금은 목소리로 반응한다.

- 어, 거기? 바다가 갈라진다는 무창포?

진호가 흥을 돋운다.

- 좋지. 바다가 갈라질 때 사라져 버릴 수도 있고.

그는 서하진의 〈제부도〉를 떠올렸을지도 모른다.

- 모세의 기적을 타고 바다를 건넌다? 오호! 신선한데?

- 콜! 굿 아이디어!

과장되게 반응하는 회원들의 허세가 어쩐지 처연하다.

나는 아무래도 상관없다. 무창포를 가든, 인사동에 남든. 혼자만 아니라면.

혼자 있는 건 정말 싫다. 며칠 전 이별 통보를 받은 나는 아직도 충격에서 헤어 나오지 못하고 있다. 다시는 눈앞에 나타나지 않았으면 좋겠다는 그녀의 싸늘한 목소리가 수시로 내 귓가에 와 박힌다. 그녀의 목덜미에 찍힌 까만 점이 눈앞에서 아른댈 때마다 내 혼은 팔팔, 끓어오른다. 그녀의 마음은 나를 향한 적이 단 한 번이라도 있었을까. 나는 한낱 친구 녀석의 대역에 불과했던 것일까.

무창포행이 흐지부지되는 것이 아쉬운지 정애가 일행을 부추긴다.

- 뭐야? 끝이야? 말이 나왔으면 매듭을 지어야 할 거 아냐?

진호가 엄지와 중지를 부딪쳐 딱! 소리를 낸다.

- 콜! 칼을 뺐으면 찔러라도 봐야지. 안 그래?

오늘 호되게 당한 홍규가 자리를 박차고 일어선다.

- 아 시발, 가자구. 가면 되잖어?

진호가 홍규의 뒤통수를 빡 갈긴다.

- 잇신발눔이 왜 용감하고 지랄이세요? 기차 시간이나 알아보세요.

기차를 타고서야 일행의 표정은 조금씩 활기를 띠고, 대화가 다채로워진다. 문학, 영화, 철학, 연극, 그림, 음악 이야기에서 사회, 정치, 경제 쪽으로 산을 넘고 골짜기를 타고 돌아 몇 구비의 능선을 휘돌더니, 요즘 뉴스로 뜨거운 이야기가 주제로 모아진다. 기차 안은 떠들썩하다. 김밥을 안주 삼아 소주를 마시는 왁자지껄한 일행 속에서 나는 혼이 빠져나간 사람처럼 멍하다.

무창포에 도착한 일행은 주인에게 방 한 개만 쓰겠다고 떼를 쓴다. 회비를 아끼자는 심산이다. 회원들 대부분은 택배나 주유소, 편의점, 음식 배달 또는 일일 잡역부로 일하면서 소설에 목을 매달고 있었다. 그래서 모두 주머니 사정이 넉넉지 않다. 어쩌다 돈이 생긴 회원이 소주를 사는 날이면 일행은 감격하거나 미안쩍어 뒤통수를 긁적대곤 했다. 그런 가난한 소설가 지망생들이 난데없이 무창포 여행이라니. 그야말로 느닷없는 횡재다. 문제는 주머니 사정이다.

이삼십 대 남녀를 죽 훑어본 숙박업소 여주인이 한나, 두울, 싯, 닛… 일행을 세어보다가 가재미눈을 뜬다.

- 아니. 츠녀 총각이 한두루미루다가 한 방에서 뒤섞여 밤을 샌단 말여?

각자의 주머니 사정을 빤히 아는 일행은 당연하다는 듯 이구동성으로 네! 합창한다.

- 혹시 단체루다가 뭐, 요런 거, 요상한 거, 하는 거 아녀?

중년 여자가 두 손바닥을 비비는 시늉으로 야한 손동작을 해 보인다. 오양순이 전라도 충청도 사투리를 섞어 넉살 좋게 받아넘긴다.

- 아유, 아줌씨는 워찌 그케 눈치가 빠른지 몰러. 알아도 모른 척, 몰라도 아는 척, 쪼께 눈 감으뿌면 헐씬 멋찔틴디, 앙그렇소 잉?

가난한 주머니를 각출하는 그 번거로움은 언제나 오양순 담당이다. 그렇게 아낀 돈으로 술을 사고, 이야기와 시간을 바꾸는 역할도 번번이 그녀 몫이다.

일행은 여관방 바닥에 비스듬히 눕거나 벽에 기대고 앉아 있거나, 양치를 하거나 화장실을 다녀오느라 어수선하다.

나는 일행에게서 빠져나와 바다로 향한다. 어둠 속에서 파도가 규칙적으로 철썩철썩 뒤채인다. 나의 그녀는 정말 페루행 비행기를 탔을까. 혹시 페루의 리마 바닷가로 갔을까. 파도 속으로 스스로 걸어 들어간 그녀를 그 바닷가 카페 주인은 구해냈을까. 로맹 가리의 소설 「새들은 페루에 가서 죽다」의 장면을 떠올리며 생각해 본다. 먼 바다에 살던 새들은 왜 페루에 가서 죽을까.

파도가 대신 울어주는데도 나는 별로 위로받지 못한다. 바다에 길이 열려 섬 저쪽으로 걸어 들어가면 그녀가 기다리고 있을까.

나는 친구의 기일 1주기부터 7주기까지 녀석의 산소를 찾았다. 그때마다 그녀를 보아왔다. 나는 그날 하루를 기다리는 사람처럼 364일을 살았다. 내 부축을 받으며 휘청거리던 그녀의 그림자가 나에게로 건너오는 알 수 없는 열기에 나는 잠깐씩 넋을 잃곤 했다. 질긴 끈이나 탯줄로 연결된 것 같은 어떤 불가사의한 것을 그녀에게서 느낄 때는 아찔하기조차 했다. 우아하게 머리를 틀어 올린 그녀의 위엄있는 자태가 나의 접근을 막았다. 나는 그녀의 목덜미에 찍힌 점을 볼 때마다 뜨겁게 달아올랐지만, 그뿐이었다. 그녀는 나와 눈이 마주치면 불안스레 맨발을 옴쭉거리며 평소 그녀가 그토록 경멸하던 남편의 등 뒤로 쏙, 숨었다. 나를 향한 그녀의 감정은 어떤 빛깔일까. 그녀는 왜 갑자기 페루에 갔을까. 먼바다에 살던 새들이 죽을 때, 리마 바닷가를 찾는 것처럼 혹시 그녀도 죽기 위해 리마 바다로 간 걸까.

파도가 철썩 철썩, 밀려왔다 밀려간다. 나는 큰 소리로 파도에게 묻는다.

- 너, 정말 그녀를 사랑했니? 사랑했었니? 사랑하니?

나는 중학교 때부터 친구 집에 자주 들락거렸다. 어머니가 없는 나에게 그녀는 내 어머니나 다름없었다. 고교 졸업 무렵, 친구 녀석의 나쁜 소식을 들었을 때, 결국 올 것이 오고야 말았구나 하는 충격도 컸지만, 나도 모르게 살짝 설레는 나를 발견했다. 어처구니 없었지만 사실이었다. 그의 어머니가 온전히 내 차지가 되리라는 기대감으로 가슴이 쿵쾅쿵쾅, 뛰었다. 혹시 녀석의 죽음을 기다렸던 것은 아니었을까, 의구심이 들 정도였다. 녀석은 늘 죽는 방법에 골몰했고 그것이 성공적일지 고심했다. 사진기를 둘러매고 여행을 즐겼던 녀석은 사업을 물려받기 위해 어린 나이 때부터 아버지의 회사를 들락거리며 일을 배웠다. 녀석은 매일 매일 토하고 얼굴이 푸른곰팡이처럼 변해갔다. 누구도 나를 가둘 수 없어, 절대로! 녀석은 버릇처럼 읊조렸다.

언젠가는 녀석이 나쁜 일을 저지를 것이라고 나는 예측하고 있었다. 물론 처음에는 그를 비웃었다. 학비가 없어 대학에 못 가거나 일자리가 없어 방황하는 친구들에게 미안하지 않느냐고, 그런 식으로 배부른 투정을 해야 하겠냐고. 하지만 그의 정신세계는 이미 다른 곳에 가 있었다. 그가 몽롱한 눈빛으로 말했다. 난 그냥 자유가 필요해. 그뿐이야. 내가 없으면 어머니도 자유로워질 거야.

나는 하늘을 향해 녀석에게 물었다.

- 그래서? 너는 자유를 얻었니? 네 말대로 어머니는 자유로워졌니?

별들을 욕심껏 품은 밤하늘을 향해 푸념도 해본다. 자유를 얻기 위해 이 세상과 연을 끊은 녀석은 정말 자유로워졌을까. 페루에 대한 자료를 모으며 꿈에 부풀어 있던 녀석의 혼은 지금 페루 어딘가를 헤매고 있을까. 녀석과 그녀는 페루 어딘가에서 만났을까. 근원을 알 수 없는 불안으로 내 심장이 조각조각 부서져 타버릴 것 같았다.

숙소 방안에는 담배 연기가 자욱하다. 일행은 화투에 홈빡 빠져 있다. 나는 방문을 활짝 열어젖히며 생각지도 않은 말을 툭, 내뱉는다. 마치 누군가에게 조종당하는 것처럼.

- 우리 게임하는 건 어때? 알몸 보여주기 게임.

일행의 눈길이 나에게로 쏠린다. 너 미쳤니? 그런 눈빛이다.

- 실오라기 하나 걸치지 않은, 적나라한 순진무구, 그런 상태 말이야.

일행은 눈을 동그랗게 키웠다. 진호가 내 눈을 빤히 들여다본다.

- 약 처먹었나베?

박준이 뒷말을 잇는다.

- 왜 그래? 민규야, 못 볼 걸 봤니?

아얌아얌 하품을 하던 정애도 눈을 동그랗게 뜬다.

- 쬥일 말이 없더니, 혹시, 너 그날이니?

오양순이 키킥킥, 웃는다.

- 쟈가 가시나로 뵈나 봬? 하긴 머, 생리하는 머스마, 섹시하긴 하다. 그치?

나는 포도 씨앗을 뱉어내듯 툭, 내뱉는다.

- 첫사랑 고백하기! 어때?

- 뭐? 첫사랑?

찌른 칼날을 좀 더 깊숙이 찔러 넣듯 나는 오금을 박는다.

- 숨김없이! 적나라하게! 생생하게! 오케이?

제법 비장하다. 이참에 다 쏟아놓으면 좀 가벼워질 수 있을까.

내 말뜻을 온전히 알아들은 사람은 오양순뿐이다.

- 오키! 한 치의 거짓 없이, 순수 상태로 발가벗으라?

- 일등에게 상을 주겠어.

내 말에 모두의 동공이 정지 상태가 된다. 진호가 묻는다.

- 상? 무슨 상?

오양순이 명쾌하게 결론짓는다.

- 키스! 키스해 주기!

일행이 동그랗게 눈을 키운다.

- 누구에게?

내가 답한다.

- 일등에게.

- 누가?

- 모두가.

진호가 내키지 않는다는 투로 미간을 모은다.

- 에이, 싫은 사람이랑 키스하면 고역인데?

정애가 달랜다.

- 야! 따지지 좀 말자. 다수결 어때?

다수결 결정은 설마실의 묵계다. 일행은 화투장을 뒤엎고 한 장씩 고른다. 숫자가 빠른 사람부터 이야기하는 순서다.

매조를 고른 진호가 첫 번째다. 아하! 진호가 잠시 눈을 감았다 뜨더니, 비장한 표정으로 입을 뗀다.

- 내 첫사랑은…

일행의 시선이 모이를 향해 모여드는 병아리들처럼 쪼르르, 그에게 집중된다.

- 삼 년 만에 다시 만났는데.

진호는 막상 입을 열자 거침없이 물살을 탄다.

- 일 년 전 일인데, 다시 만나자마자 하와이로 떠났어. 더도 덜도 말고 보름만 있다가 돌아오자, 기약하고 떠난 여행이었어. 거짓말 안 보태고, 보름 동안 호텔 안에만 있었어.

바깥출입도 안 하고.

- 안에서 뭐 했는데?

- 할 게 뭐 있겠냐?

그의 고백은 폭풍을 휘돌면서 태풍을 가뿐하게 건너뛰어 우리를 햇살 앞으로 데려다 놓았다. 일행이 눈을 껌벅거리며 묻는다.

- 정말? 그게 가능해?

오양순이 눈꼬리를 치뜨고 진호에게 태클을 건다.

- 죽을래? 너 조루지? 그래서 빼기는 거지?

진호는 태연하게 흐흐흐, 웃으며 그 이후, 한 번도 첫사랑을 만난 적이 없다고 매듭짓는다. 미련도 그리움도 깡그리 지워 버렸다고. 보름 동안 하얗게 불태웠다고. 보름 동안의 섹스는 기막힌 지우개였다고.

나는 진호가 부러웠다. 나도 그렇게 무 토막 자르듯이 감정정리를 깔끔하게 끝낼 수 있다면 얼마나 좋을까.

나는 나의 그녀가 빨리 늙기만을 바랐다. 내가 어른이 된 것을 보여주고 싶었다. 그녀가 늙고 꼬부라지면 반드시 내 손길이 필요할 때가 있을 것이다. 그런 희망으로 하루하루를 견뎠다.

나도 알고 있었다. 내 사랑은 이루어질 가능성이 없다는 것을. 위험하고 허황된 꿈이라는 것을. 가슴골을 파먹는 그리움이라는 것을, 그동안의 혹독한 경험으로 깨달았다.

두 번째로 삼광 패를 고른 정애가 화투패를 툭 던지며 말한다.

- 난 첫사랑이랄 것도 없지만, 하여간에 첫남자를 만났어. 만나자마자 그 애 집에 가서 잤어, 그 애 형수를 사이에 두고 말야. 그 애가 형수를 건너와 나를 만졌어.

- 형수를 옆에 두고? 영화 아냐?

- 으흐흐흐…. 가끔 그때가 그리워. 그땐 정말 불탔거든. 형수고 뭐고 아무것도 보이지 않았어. 이상하지? 그 애가 그렇게 좋았던 것도 아닌데, 왜 그랬는지 몰라. 쿵닥쿵닥쿵닥쿵쿵쿵…. 그때처럼 가슴 뛰는 일이 내 생애에 또 있을까 몰라.

정애는 소리 내지 않고 입 모양으로만 내게 입을 삐끔거린다. '내 생애에 또 있을까 몰라' 하고.

핸드폰에 코를 박고 있던 홍규가 뒤늦게 눈을 동그랗게 뜬다.

- 정말요? 정말로 잤어요? 섹스, 뭐 그딴 것도 해가면서?

정애가 엄지와 검지를 모아 홍규의 이마빡을 톡, 튕긴다.

- 그럼 식스센스겠냐? 응큼아!

정작 엉큼한 놈은 나다. 아아, 그녀를 향한 열정을 나는 어떻게 숨기며 용케 버텨 왔을까. 이젠 터트려야 해. 속 시원하게. 화끈하게. 그러면 진호처럼 지워질까.

오양순이 짓궂게 딴지를 건다.

- 그날 밤 형수 맴이 으떠스까이? 드러웠으까? 부러웠스까?

오양순의 너스레에 진호가 오양순의 말투를 흉내 낸다.

- 아따, 대리라는 거 있잖여. 대리만족 했것찌. 그 시간에 그 애 형은 워디 가서 형수씨를 맘고생시켰댜? 이참에 박 대리, 시작해보시지?

박준은 대리운전을 하는데, 한 달에 한 번 설마실 모임 날에만 쉰다. 박준은 특유의 근엄한 어조로 말한다.

- 난 첫사랑이랑 미친 듯이 뜨겁게 열렬하게 사랑해서 이젠 사랑할 힘도 남아있지 않아. 다 태워버렸는걸.

오양순이 팽, 콧방귀를 뀌며 핀잔을 준다.

- 옘병! 잰, 준다는데도 왜 넙죽 받아먹기 싫은지 몰라.

박준도 슬쩍 눙친다.

- 난 니가 덤벼들까 노심초사 무서워.

- 사랑싸움은 낭중에 하시고! 박준, 추상적으로 말고 구체적으로 고백해 봐.

진호의 말에 박준이 진지하게 대답한다.

- 하늘을 우러러 한 점 씨받이 할 정도로 정말이야. 깔끔해.

오양순이 또 박준에게 비아냥댄다.

- 꼴에 첫사랑을 하긴 했나봐아? 응?

- 니 차례야.

진호가 팔광 패를 들고 있는 오양순을 툭 치자, 그녀의 목소리가 갑자기 코맹맹으로 변한다.

- 난 첫사랑이랑 바닷가에 갔는데 오줌이 너므으 마려웠어. 젤루 높은 바위에 올라가 쐐! 쌌는데 ○○가 너므으~ 씨원했어. 난 첫사랑! 하면 그 자식 얼굴은 생각 안 나고, 그 기억만 떠올라.

그녀는 ○○라는 단어가 순우리말이라며 항상 원색적으로 있는 그대로 표현했다. ○○(報知)는 세상에 두루 알린다는 뜻도 된다고 그녀는 그럴싸하게 우겼다. 어떤 사람은 무색해 했고, 어떤 이는 그러려니 했고, 어떤 이는 재미있어했고, 나는 뭐 그녀답다고 생각했다. 거침없고 솔직하고 원색적인 그 오양순을 나는 지극히 사랑했다. 인간적으로.

모든 일에 실리적이고 사고조차 실리적이라는 박준이 묻는다.

- 사람들은 없었어?

오양순이 박준의 목을 당수로 탁, 치는 시늉을 한다.

- 관객이 있으니 스릴도 있것찌, 이것아! 넌 싱겁지만 않았어도 내가 뚝 따 먹었을 텐디. 아후, 밍밍해.

정애가 날름 받는다.

- 소금 살짝 뿌려줄게. 지금이라도 후딱 따 먹어.

- 됐어, 싱거울 게 뻔해. 진호랑 딱 보름이라면 몰라도.

정애가 진호에게 과장되게 턱을 쑥 내민다.

- 강진호. 이 지지배가 원을 해쌓는디, 어뗘? 구제 좀 할텨?

진호가 능구렁이처럼 슬쩍 눙친다.

- 십 년만 지달려, 고일 때까장. 시방은 바싹 가물었어.

오양순이 얼굴색 하나 변하지 않고 받아넘긴다.

- 십 년? 조오치. 기다림도 없으면 사는 게 헛헛해서 살고 잡것냐? 까잇꺼, 십 년, 기다리지, 뭐.

그들의 주고받는 말투는 욕설과 판소리 투의 요설로 물고기 뛰듯 팔딱거린다.

정애가 자조적으로 읊조린다.

- 요런 걸 소설 쓰면 죽일텐데. 근데 왜 소설은 안 나오능가 몰라.

- 그거, 다 글발 양기가 쥬딩이로 몰렸기 때문이야. 몰랐어?

- 응. 몰랐어.

- 그러니까 이것들아. 아가리 닫고 한 줌 씨받이로 글빨을 모아. 보름 동안 밤낮 섹스 하득끼 써 제끼믄 소설 까잇거, 안 나오것어?

'보름'을 강조하는 오양순의 넉살에 진호가 자기를 모범 삼으라는 듯이 과장되게 어깨를 으쓱한다. 오양순이 아니꼽다는 듯이 받아친다.

- 섹스 강은 됐고!

- 뭐? 센스 강? 그렇지, 내가 센스는 말거웃쯤 되지.

오양순은 나를 힐끗 보더니 엉뚱한 쪽으로 물길을 튼다.

- 홍규야. 넌 맨날 입 다물고 있는디, 글 양기는 오데로 갔는고?

박준이 슬쩍 감싼다.

- 오늘 합평작 괜찮지 않았어? 미각은 곧 사랑이다. 고로 사랑은 입안에 있다. 이론이 신선하지 않아?

홍규를 아끼면서도 은근히 자극하는 진호가 빈정댄다.

- 신선은 개뿔! 혀를 잘랐는데 어떻게 미각을 느꼈마? 똑바로 써봔마.

- 너나 똑바로 쓰세요. 형!

홍규가 벌떡 일어나 창문을 확 열어젖히자 11월의 바닷바람이 왈칵 달려든다.

- 욋신발눕이! 잘 생기면 다냐? 키 크면 다냐! 바람 닫안마. 문 들어온다!

정애가 나에게 딱하다는 표정으로 묻는다.

- 근데, 넌? 첫사랑, 뭐 그딴 거 해봤냐?

- 미?

갑자기 숨이 차오른다. 빨리 툭, 털어놓고, 홀가분해지고 싶다. 그런데 막상 마음을 먹으니 입이 떨어지지 않는다. 과거형이 아닌 현재진행 상태인 내 감정을 솔직하게 고백하면,

곪은 고름이 쑥, 빠져나가듯 시원할까. 혹 미친놈 취급을 당하지 않을까. 어쩌면 나는 내 감정의 진폭을 확인하기 위해 첫사랑이라는 화두를 던졌는지도 모른다.

내 입술이 오물거리기 시작했을 때, 나와 똑같이 비를 쥐고 있던 홍규가 화투패를 까보인다.

- 내 첫사랑은 도둑년입다.

- 뭐?

진호가 또 빈정댄다.

- 저 자식은 서두는 쪽쪽, 빨아들이는데, 결말이 뱀 꼬리야.

정애가 묻는다.

- 뭐? 그래서? 간도 크게 표절씩도 하는 녀석이 도둑년이 뭐 어쨌다고?

- 에이, 씨발. 그런 거 안 했다니까요! 그런 소설이 있는 줄도 몰랐다고요.

홍규가 덩치에 어울리지 않게 컹, 울어버린다.

진호의 감싸는 듯한 목소리 속에 뼈가 있다.

- 얀마! 소설 쓰고 싶으면 그 승질부터 관리핸마. 맺집도 중요하지만 깊숙이 감춘 칼을 벼를 줄 알아야지. 단 한 방을 찌르기 위해! 내 말이 티꺼우면 팔부능선을 뛰어넘든가. 이도 저도 안 되면 확 때려치든가.

일행은 고개를 외로 꼰다. 아무도 말이 없다. 진중한 분위기다. 누군들 팔 부 능선을 넘고 싶지 않겠는가. 때려치우고 싶은 생각은 또 얼마나 많겠는가. 소설이라는 그 깊고 어둑한 늪으로 빠져들면서도 왜 아무도 이 함정에서 빠져나갈 생각을 안 하는 걸까. 누군가의 말처럼 소설은 정말 목매달아도 좋을 나무인가. 고달픈 삶에 대한 위로인가. 혹은 이루어지지 않는 그 무엇에 대한 갈구인가.

그동안 한마디도 없이 잠자코 있던 이성구가 뜬금없이 내 차렌디? 하고 화투패를 담요 위에 픽, 던진다.

정애가 못마땅한 투로 대놓고 비튼다.

- 또 뒷북 칠라구?

이성구는 일행이 Y담으로 한참 웃어도 물끄러미 바라보고 눈만 끔벅이는 존재 없는 존재다. 어느 땐 화장실을 다녀오면서 한 시간 전에 했던 말을 그제야 이해했다며 칵칵대서 다시 한번 일행을 웃게 하곤 했다. 그래서 그의 별명이 뒷북, 혹은 싱겁초였다. 머뭇거리던 그가 이런 말 해도 되능가 몰러, 하고 일장 사설을 늘어놓는다.

아내의 성화로 부동산 중개사 자격시험 공부를 하게 된 그는, 학원에서 젊고 멋진 한 남자를 만났다. 태어난 후 처음으로 외제 차를 타는 호사도 누리고 강남의 멋진 음식점에서 후한 대접도 받았다. 젊은이는 반듯했고 예의 바르고 배려심도 깊었다. 당구도 볼링도 수영도 수준급이었다. 매너도 좋았다. 젊은이는 가끔 싱검초를 불러냈다. 그런데 헤어지고 나면 뒷맛이 개운치 않았다. 처음에는 찜질방이나 구석진 곳으로 이끄는 그의 손길이 장난이려니 했는데 그게 아니었다. 싱검초는 은근히 그를 피했다. 아내는 왜 학원에 나가지 않느냐고 다그쳤다. 학원비가 아깝지 않냐, 시험에 떨어지면 어쩔 테냐, 앞으로 무얼 먹고살 거냐며, 대놓고 잔소리였다.

싱검초는 젊은이를 설득했다.

- 동상, 우리 이렇게 하는 게 워뗘? 이상한 짓은 하덜 말고, 밥 먹고 커피 마시고 그냥 헤어지기루, 어?

젊은이는 아내도 있었고 딸도 두었지만, 도무지 아내에게도 어여쁜 여자에게도 끌리지 않더라고 했다. 진심으로 마음을 준 사람은 형님뿐이라고. 그러니까 형님이 내 첫사랑이라고. 눈에 눈물이 그렁그렁하더라고 했다. 말을 마친 싱검초가 말했다.

- 이 일을 워칙허면 좋다?

그에게 질문이 쏟아졌다.

- 그래서 형은 어떤 마음인디요? 그 젊은이가 뭐 멋있고 섹시하고 좋소?

- 멋있고 섹시하고 좋기는 햐. 근디 뭐 남자끼리는, 게이 뭐, 그런 거 아녀?

- 그러니까요. 형님은 게이라도 좋으냐고요? 좋다면야 뭐… 각자의 취향이니까.

- 물르겄어. 난두 잘은. 좋기는 헌디 그러면 안 될 것 같기두 하구.

오양순이 다그친다.

- 그러니까 싱검초 씨. 그 젊은이가 좋아요, 싫어요?

- 아, 좋기는 허지. 근디, 거 뭐시냐. 그라믄 안되는 거 아녀?

정애가 빽, 소리친다.

- 그러니까! 그 남자랑 사귀는 거 좋냐구요? 애인, 뭐 그런 쪽으로?

- 그놈이 멋지긴 혀. 매력두 있구, 매너두 좋구, 아 근디 그런 눔이 왜 하필 나 같은 눔을.

- 잠깐. 잠깐만….

정애가 싱검초의 머리에 손을 얹는다. 사이비 목사가 안수하듯. 차분하게 마음을 가라앉히고 싱검초에게 숨을 내쉬라고 한다.

- 그러니까…. 집에 있을 때 그 젊은이가 생각나고 보고 싶고 그렇긴 합니까?

- 아, 생각이야 잠깐 잠깐 나지. 왜 그러나 싶은 게, 영 찜찜허고.

- 그러니깐요오. 앞으로 계속 만날 생각은 있습니까?

- 아, 사람이 사람을 워치케 안 만나고 산다남?

싱검초의 동문서답은 끝이 날 것 같지 않았고, 모두 지친 표정이었다. 새벽 3시. 지칠 만도 했다. 일행은 이번 여행에서 본전을 뽑자며, 단편소설을 한 편씩 쓰기로 결정했다. 주제는 첫사랑이고 제목은 자유롭게 하기로 뜻이 모아졌다. 소설이 완성되는 대로 '설마실' 카페에 올리고 늘 하던 대로 한 달 후, 인사동에서 합평회를 하는 방식이다. 나는 잘되었다고 쾌재를 불렀다. 나의 첫사랑은 말보다 글로 표현하는 것이 좋을 듯했다.

처음으로 느끼거나 맺은 사랑이 첫사랑이라는 사전적 어휘가 맞다면 그녀는 내게 첫사랑임에 틀림없다.

지난여름 나는, 여수의 바닷가에 사는 문인에게서 초대를 받았다. 외진 그 집은 벼랑 끝에 서 있는 것처럼 지대가 높았고 눈 아래에는 출렁이는 바다가 훤히 내려다보였다. 초대받은 일행은 파티를 즐겼다. 철썩철썩 쳐대는 파도 소리 때문에 옆에 있는 사람의 이야기도 잘 들리지 않았다. 마당가에 둥그렇게 놓여있는 장독 뚜껑 위에는 산나물 반찬, 전복, 파래, 미역 줄기 따위의 산해진미가 어서옵쇼. 기다렸다. 손님들은 저마다 접시에 담아 잔디밭, 그네 등 편한 곳에 앉아 덜어온 음식을 먹었다. 문인들이 왔다고 그곳 군수가 전복을 몇 박스 보내왔고, 마당 한 편에서 봉사자 서넛이 분주하게 그 전복을 구워냈다.

명창들이 장구와 북을 치며 신명나게 창을 했지만, 소리가 자꾸 바닷가 쪽으로 내뺐었다. 소리를 훔쳐 간 파도가 철썩철썩 뒤채었고, 둥그렇게 뜬 달이 잔치 분위기를 한껏 북돋웠다. 싱싱한 해산물을 반주 삼아 술잔이 몇 순배 돌았고, 술자리가 노릿노릿, 익어갔다. 모닥불을 가운데 두고 둥그렇게 둘러서 어깨동무를 하고, 무슨 노래인지 게임인지를 하는데 유독 게임에 걸리는 사람이 있었다. 게임에 걸리면 원샷을 해야 하는 벌칙을 받았는데, 아아!! 나의 그녀를 여기서 만날 줄이야. 나는 반가움과 불편함을 동시에 느끼며, 아는 척을 해야 할지 몇 번을 망설였다.

게임에 걸리기는 나도 마찬가지였다. 게임에 걸리면 이유불문하고 폭탄주를 마셔야 했다. 나는 많이 취했고, 줄곧 그녀에게 시선을 붙박았다. 그녀는 나를 봤는지 못 봤는지 아예 관심조차 두지 않았다.

새벽 3시쯤이 되자, 일행은 하나둘, 잠자리를 찾아 사라졌다. 나는 마당에 쳐둔 텐트 중 하나를 차지하고 누웠다. 텐트는 한 사람이 눕기에 딱 좋을 만큼 비좁았다. 잠깐 동안 그녀 생각을 하던 나는, 곧 잠 속으로 빨려 들어갔다. 기분 좋은 여행과 술 탓이었을 것이다. 잠결에 텐트가 바다 위에 둥실 떠 있는 것처럼 출렁출렁 흔들리는 것을 느꼈다. 눈을 떴다. 집채만 한 달이 텐트 안을 뚫고 들어와 텐트 안을 환하게 비추고 있었다. 누군가가 내 텐트로 침범했다는 것을 알았을 때 우리는 이미 알몸이었다. 상대가 내 손을 이끌었다. 나는 그 손에 이끌려 텐트에서 빠져나와 뛰었다. 맨발에 알몸인 우리는 환하게 쏟아지는 달빛 속을 무작정 달렸다. 어느 빈집 마당으로 들어섰다. 마당에는 부드러운 잔디가 깔려 있었고 마당 아래에는 바닷물이 출렁였다. 달빛이 우리에게로 쏟아져 내렸다. 우리는 격렬하게 엉켰다. 달빛을 타고 노랫소리가 쏟아져 내렸다. 월광 소나타 3악장이었다. 월광 소나타의 격정적 리듬은 우리를 더욱 더 뜨겁게 달구었다.

베토벤이 월광 소나타를 줄리에타 귀차르디에게 헌정했듯이, 나도 나의 그녀에게 소설을 헌정하고 싶었다. 여수 바닷가 경험을 토대로 소설 한 편을 마무리했다. 제목은 「달빛 소나타」이다. 합평회 날짜를 열흘쯤 앞두고 동호회 카페에 들어가 보았다. 첫사랑이 주제인 6편의 소설이 올라와 있었다. 모두 칼을 갈았구나, 싶어 긴장했다. 마지막 작품을 읽은 나는 깜짝 놀랐다. 익명의 그 소설 「여수의 달」은 내가 여수 바닷가에서 겪은 그 이야기와 흡사했다. 숨이 턱 막혔다. 도대체 이 글을 쓴 작자는 그날 밤 내가 겪은 일을 어떻게 알고 있을까. 혹시 내가 술김에 말해버리기라도 했단 말인가. 아니면 나의 그녀에게서 들은 걸까. 그것도 아니면, 나와 같이 알몸으로 달빛 아래를 뛰었던 그 장본인이란 말인가.

나는 정신이 혼미해졌다. 지금 여기 이곳이, 혹은 여수의 그 밤이 현실인지 꿈인지 도대체 알 수 없었다.

-《아라문학》 발표

〈중편소설〉

언니의 다비식

1.

순유는 여동생이 카톡으로 보내온 주소를 내비게이션에 입력했다.

〈인천시 강화군 내가읍 외포리 ○○번지 ○○승가원〉

그때까지도 그녀는 강화가 인천시에 속하는 줄도 몰랐다. 역사나 지리에 문외한인 그녀는 부끄러운 줄도 모르고 여동생에게 전화로 물었다.

- 강화가 인천시니?

- 응.

- 김포시가 아니고 인천시냐고?

짜증을 잔뜩 물고 묻는데도 여동생은 여전히 음의 높낮이 없이 응, 하고 대답했다. 언제부터인가 여동생은 그녀와 말을 섞으려 하지 않고 응. 아니. 몰라. 매양 단답형으로 답했다. 남동생도 마찬가지였다.

- 혹시 언니가 절에 들어갔니?

- 아니.

- 근데 왜 하필 승가원이래?

여동생은 거두절미하고 물었다.

- 낼 올 거지?

- 나도 오랬니?

- 응.

순유는 혹시 잘못 들은 것은 아닐까, 재차 확인했다. 6년 전 자신을 피해 사라진 언니가 자청해서 부른 것이 믿어지지 않았다. 그동안 여동생은 언니의 거처를 알고 있는 듯했지만, 순유가 다그칠 때마다 얼버무렸다. 6년 내내 그랬다. 그러다 지쳤다는 듯이 단호하게 대응해 왔다. 난 가르쳐 줄 수 없어. 작은언니랑 큰언니 입장이 바뀌었어도 마찬가지였을 거야.

희망에 들떴던 순유는 자기도 모르게 푸우, 숨을 내쉬었다. 이제는 체념과 포기상태로 마음이 가라앉아 가는 중인데 속만 뒤집고 말면 어쩌지, 은근히 걱정되었다.

2.

김포 신시가지를 벗어난 자동차는 어느새 김포 뚝방 도로를 따라 천천히 달렸다. 전류리 포구라는 팻말을 본 순유는 여동생의 말이 떠올랐다.

– 전류리 포구를 끼고 천천히 와 봐. 풍경이 뭐랄까, 엄마 색이야.

강화 인삼센터를 막 지나면서 좌회전하라는 내비게이션의 안내를 무시하고 순유는 여동생이 가르쳐 준 대로 직진을 했다. 강화 경찰서와 면사무소를 지나 미성 음식점 앞에서 좌회전했다. 번잡한 읍내와는 달리 풍경이 사뭇 적요했다. 나지막한 산 아랫자락에 고등학교가 마중하듯이 서 있었고, 그 왼쪽으로 조붓한 소롯길이 나타났다. 소로를 따라 들어갈수록 양쪽 산에서는 단풍이 푸릇푸릇한 색을 훌훌 벗고 노란색, 주황색, 붉은색으로 화려하게 옷을 갈아입는 중이었다.

그녀는 천천히 주위를 둘러보았다. 그제야 여동생의 배려를 알아차렸다. 세상 물정에 어둡고 어수룩한 여동생을 그녀는 늘 답답하다고 여겨왔는데 지나고 보면 여동생의 말은 언제나 옳았다. 순유는 여동생을 한 번도 따뜻하게 품어주거나 다정하게 대해준 기억이 없었다. 매사에 퉁명스럽고 매몰차게 대했다. 가까이 다가오면 훅 밀쳐내서 걸핏하면 그 큰 눈망울에 눈물을 달아주곤 했다. 언제부터인가 여동생은 그녀에게 눈치 보는 의붓동생처럼 쭈뼛쭈뼛 거리를 두었다. 그런 여동생이 순유의 아파트가 없어졌을 때, 이렇게 제안했다.

- 언니, 힘들면 우리 집에 와서 함께 살래?

그때 순유는 표독스럽게 쏘아붙이며 냉갈령을 부렸다.

- 얘, 서른 평이 넘는 집에 살다가 어떻게 그 좁아터진 곳에서 둘이 사니? 더구나 그곳은 낯설고 친구도 없는데.

순유는 여동생이 사는 열세 평 원룸으로 벌레처럼 기어든다는 것이 자존심이 상했다. 그러나 지금 일곱 평 지하 방에 사는 것을 알면 여동생은 뭐라고 할까.

순유는 자동차를 세우고 전류리 포구를 바라보았다. 전류리 포구에 대한 내용을 어디선가 본 기억이 났다. 북쪽은… 북한 땅… 개풍… 군사분계선… 같은 구절이 얼핏얼핏 떠올랐다.

한참을 달렸다. 찻길 밑에 숨듯이 웅크린 저수지가 보였다. 저수지만 보면 엄마는 가까이 다가가 앉아 담배를 피웠다. 엄마는 북쪽 집 옆에는 저수지가 있어서 여동생이랑 대야를 띄우고 물장구를 치며 놀았다고 했었다. 순유는 담배에 불을 붙여 연기를 깊게 들이마셨다가 길게 내뱉었다. 담뱃값이 대폭 인상되면서 더러워서 끊어야지, 하고 중얼거리면서도 여전히 끊지 못했다. 담배를 낀 손가락이 미세하게 떨렸다. 오래전부터 진행되던 수전증이 심해지고 있었다. 저수지에 눈길을 빼앗긴 순유가 왼손으로 핸들을 돌렸을 때,

빠아앙~ 소리가 들려왔다. 깜짝 놀란 그녀가 룸미러로 뒤쪽을 보았다. 트럭 기사가 클랙슨을 누르며 연속적으로 헤드라이트 하이빔을 쏘아댔다. 그녀는 엉겁결에 핸들을 획 틀었고, 트럭이 아슬아슬하게 스쳐 갔다. 저만치에서 급브레이크를 밟은 트럭 운전자가 고개를 창밖으로 내밀고 쌍욕을 보내왔다.

- 야잇미친년아! 정신 팔아 엿 사 처먹었냐?

거친 욕지거리가 귓가에 달라붙은 그 순간, 핸들이 손에서 미끄러지면서 자동차가 저수지 쪽 소나무를 쾅, 들이박았다. 핸들에 이마를 짓찧은 그녀는 차창을 사납게 두드려대는 소리에 정신을 차렸다. 턱이 뾰족한 사내가 눈썹을 세모꼴로 세우고 차 안을 들여다보고 있었다. 순유는 고개를 조아리며 입 모양으로 말했다.

- 죄송합니다.

창문을 열어주지 않자 화가 났는지, 그가 그녀의 흰색 낡은 아반떼를 발로 퍽퍽, 찼다.

- 엣씨발! 월식만 아니면 확 그냥!

그는 이 사이로 침을 찍 내뱉곤 건들건들 멀어져갔다. 순유는 밖으로 나왔다. 자동차 앞쪽 바퀴가 저수지 쪽 소나무에 걸린 채, 푸릉 푸르릉, 헛바퀴를 돌리고 있었다.

- 사랑합니다, 고객님. 무엇을 도와드릴까요?

보험회사 사고접수 담당자의 목소리는 지나칠 정도로 상냥하고 친절했다. 마치 기계에서 흘러나오는 소리처럼 씻은 무 같아 그녀는 울컥, 욕지기를 느꼈다. 미츤년! 지가 날 언제 봤다고 사랑은, 개뿔!

3.

자동차가 적벽사, 황련사 입구를 지나치자 〈내가 낚시터〉 입구가 나왔다. 낚시터 갓길에는 자동차들이 달팽이처럼 아슬아슬하게 달라붙어 있었고, 주변에는 펜션이 즐비하게 늘어서 있었다. 배 모양, 흙벽돌 모양, 나뭇결 모양, 오밀조밀 꾸민 정원과 연못을 가진 펜션과 족구장과 수영장까지 갖춘 펜션이 제각기 모양새를 뽐내고 있었다.

울퉁불퉁한 좁은 길에서 돌과 자갈이 자동차 바퀴에 부딪혀 튕겨져 나갔다. 찢어질 듯한 바퀴 소리를 들으며 그녀는 부르르, 진저리를 쳤다. 그 소리가 어쩐지 이제껏 살아온 자신의 인생 같다는 느낌이 들었다.

낚시터는 산 아래에 완만하게 휘어져, 끝이 보이지 않을 정도로 길게 이어졌다. 작은 낚싯배가 바람결에 무심하게 흔들렸고, 갈대밭에서 새들이 떼를 지어 여기저기에서 사르랑 사르랑, 가볍게 날아올랐다. 맥짜리가 가끔 자맥질을 하며 오리 떼를 약 올리듯이 펄쩍펄쩍 뛰어올랐다가 물속으로 가라앉곤 했다.

모든 것이 자유롭고 한유로운데 나는 왜 이렇게 강퍅할까. 순유는 자신 안에 난폭한 짐승 한 마리가 살고 있나 보다, 생각했다. 갈대숲에 웅크리고 앉은 어린 새가 그녀 쪽을 유심히 보고 있었다. 저 어린 새는 왜 혼자일까.

통증으로 인해 혼자 깨어있는 밤이면 영영 깨어나지 않았으면, 그런 바람이 간절했다. 그런 그녀의 속사정을 알게 된 사회 복지사 동료가 대체의학으로 유명하다는 의원을 소개했다. 입원 환자 중에는 암 환자가 대부분이었지만 그녀처럼 관절이나 허리 통증, 혹은 류머티즘으로 입원한 환자들도 대여섯이나 되었다. 그 무렵 그녀는 아무에게나 시비조였다. 그녀 안에서 부글부글 끓는 어떤 분노 같은 것이 출구를 찾아 도리뱅뱅이를 치고 있었다. 충청도 사투리의 중년 여자가 어디가 아픈디유? 하고 물었다. 순유는 자신도 모르게 냅다 쏘아붙였다.

- 이봐요! 어디가 아픈지 묻지 말고 어디가 안 아프냐고 물어봐요!

중년 여자가 움찔했지만, 곧 퉁명스레 대꾸했다.

- 근디 왜 골질이래유? 승질머리두 드럽네 그랴.

순유는 눈을 부라렸다.

- 내가 얼마나 아픈지 당신이 알기나 해?

- 아, 내가 워치게 알유? 모르니께 물어봤구먼.

순유의 눈에서 불꽃이 일었고, 긴장된 침묵이 팽팽해졌다. 긴장이고 뭐고 그런 건 관심 없다는 듯이 충청도 여자가 만만치 않게 마주 노려보았다.

- 얼래? 한번 해보자, 이거여?

- 이 여자가 정말!

지켜보고 있던 사람들이 너나없이 한마디씩 보탰다.

- 아우후, 아픈 사람들끼리 왜 이래요? 그만들 둬요.

- 맞아요. 안 그래도 힘들어 죽겠는데, 이건 아닌 것 같아요.

- 참아요. 우리 모두 참아야 한다구요.

주위 사람들이 말리지 않았다면 순유는 한바탕 드잡이를 할 뻔했다. 전라도 어디서 왔다는 60대 환자가 이참에 푸념이라도 해야겠다는 듯이 눈치 없이 한탄을 쏟아냈다.

- 아후흐, 젊어서는 돈 버느라 몸 바치고, 늙어서는 병원에 돈 갖다 바친다더니, 내 꼴이 딱 그 짝이어라.

30대의 바짝 마른 여자가 꼬챙이처럼 싸늘한 눈빛으로 전라도 말투의 여자에게 톡, 쏘았다.

- 그래도 암 환자보다 낫지 않아요?

전라도 사투리 여자가 아직 분위기를 파악하지 못하고

하소연을 계속 쏟아냈다.

- 아호우, 말도 마씨요, 차라리 어딘가를 쭉 째고 닫아버리먼 가족이나 주변 사람덜이 아픈가보다, 하고 알아주기나 하지 않것소이? 이건 생짜배기맨키로 노상 아퍼 죽을 지경인디요이. 눈 하나 껌뻑들도 안 허니 죽을 맛이 아니것소이? 완전 골칫덩어리 취급이랑께요! 겉으론 멀쩡해 뵈고 왼갖 일을 다 하니께 괜히 엄살 부린다고 타박이 안 심허요!

그녀는 평생 골병 치레로 골골하니 본인만 죽을 맛이라고 푸념하자, 30대 여자가 노골적으로 분노를 표출했다.

- 그래도 암환자보담은 낫지 않냐구요? 우리 앞에서 쓸데없는 투정 같은 건 하지 마요.

- 오메, 이 빙원은 참말 이상한 곳이어라! 내 터진 조동이로 말도 못헌다요?

암 환자라는 여자가 씹어내듯이 낮게 읊조렸다.

- 그러니까 조용히! 입 닫으시라구요!

그녀의 눈빛은 알 수 없는 분노로 가득 차서 무슨 일을 저지를 것만 같았다. 살벌한 그녀의 기세에 눌린 다른 환자들은 찍소리 한번 못해보고 찔끔하는 눈치였다. 제각기 고개를 외로 꼬거나 핸드폰을 들여다보며 모른 척하거나 천장을 올려다보거나 평정을 유지하려고 애쓰는 눈치였다. 몇몇 다른 여자는 별 희한한 곳도 다 있다는 듯이 밖으로 나가면서 저들끼리 수군거렸다.

- 여긴 참 이상한 곳 같아요. 모두 정상이 아닌 것 같지 않아요?

- 다들, 사는 게 지쳐서 그래요.

- 그러게요. 아파보지 않은 사람은 모른다니까요.

그 와중에 나이 지긋한 여자가 혼자 살 일이 두렵다고 매우 현실적인 하소연을 쏟아냈다.

- 몸땡이는 아프지, 돌봐주는 이는 없지, 혼자 살 일이 무서워요. 차라리 죽는 게 낫지 싶기두 하고.

그때 순유는 깨달았다. 그곳에 있는 사람들 모두 자신처럼 두려움에 떨고 있다는 것을. 그것은 존재 자체가 서서히 지워져 간다는 일종의 두려움이었다. 사는 것에 대한 의미. 관심받고 싶다는 욕구. 그런 것들을 제각기 안으로 쓸어 담고 공포에 떨고 있다는 것을 그때 그녀는 느꼈었다. 혹시 여동생도 그런 외로움에 함께 살자고 했던 것이었을까.

그렇지는 않을 것이다. 여동생은 혼자서도 시간을 잘 보냈다. 아니 시간을 아끼며 열심히 시를 찾아 읽고, 음악을 듣고 영화를 보며, 시 쓰는 관련 자료를 찾는 데 열중했다. 그러니 함께 살자고 했던 여동생의 그 말은 순유에 대한 순수한 배려였을 것이다. 그런데도 순유는 그때 여동생의 말을 무참하게 무질렀다.

- 얘, 지금 나한테 적선하니? 나 아직 안 죽었다, 얘!

그때만 해도 외로움이니 두려움 같은 건 자신과는 무관한 줄 알았다. 뒤늦게 그림쟁이 짝을 만나 조촐한 결혼식까지 치른 여동생은 순유가 안 돼 보였는지 언니도 좋은 짝을 만났으면 좋겠어, 하고 권했다. 그때도 그녀는 같잖은 동정이 아니꼬워서 쏘아붙였다.

- 얘, 너나 잘 사셔! 난 분당에서 부산까지 줄 서 있어. 포화 상태라고! 알겠니?

얘가 별 오지랖을 다 떠는구나, 싶어 눈물까지 질금거리며 낄낄댔다. 남편이 죽었을 때 낄낄댔던 것처럼.

남편이 남긴 재산을 정리하면서도 순유는 밤새 낄낄댔었다. 벌레가 맛있는 부분을 몽땅 파먹은 사과처럼 쪼그라든 서른여덟 평 아파트. 순유는 대출을 갚는 것보다 그 아파트를 처분해서 이자 막음 하는 것이 더 시급했다. 이자는 하루하루 부풀어 그녀의 생활을 좀 먹었고, 마침내 큰 구멍이 숭숭 뚫려 감당할 수 없었다. 아파트를 내놓았지만, 남편이 이미 담보로 대출을 받은 상태라서 결국 급매로 처분할 수밖에 없었다. 그렇게 해서 겨우 건진 1억 2천. 그걸 사업자금으로 빌려주면 월 이자를 주겠다는 형부의 제안을 애초에 거절했어야 했다. 1년 동안 이자를 받아 그런대로 생활비에 보탰는데 돌연 형부의 회사가 파산하고 말았다. 경제위기 여파로

아슬아슬 물결을 타긴 했지만, 탄탄한 중소기업이 갑자기 그렇게 될 줄은 상상도 못 했다. 중국의 저가 공세에 밀려 사업이 무말랭이처럼 쪼그라지면서 수출길이 막혔고 외화 융자를 갚을 길이 없었다. 이후 조금조금 감질나게 받은 이자를 빼고는 그녀의 원금은 고스란히 물거품이 되고 말았다.

4.

자동차가 외포리 내가면 소재지에 들어섰다.

말이 면 소재지이지 7, 80년대 역사 전시장처럼 복덕방, 문구점, 씨앗 가게, 농기구 가게, 철물점 등이 처연한 풍경으로 늘어서 있었다. 내가면 농협에서 왼쪽으로 허리를 꺾어 조붓한 길로 들어섰다.

순유는 차에서 내려 주위를 두리번거렸다. 큰 단풍나무가 서 있는 조붓한 마당귀에는 중고등학교 교사(校舍)라는 이끼 낀 낡은 팻말이 붙어있었고, 빽빽하게 들어선 소나무 숲 사이로 승가원이 눈에 들어왔다. 승가원은 마치 펼친 우산 속 같아서 태곳적의 아늑함마저 느껴졌다.

순유는 주춤주춤 승가원 안으로 들어갔다. 여동생은 언니가 절에 살지 않는다고 했지만, 궁금했다. 하긴 언니가 어디에 있든 상관없었다. 돈만 받으면 지긋지긋한 지하 방을 벗어날 수 있고, 관절에 좋다는 약도 살 수 있을 것이다. 오직 그 생각뿐이었다. 지하 방은 관절염에 좋지 않다고 의사가 말했었다. 습하고 찬 기온은 몸의 온도를 낮추어서 암세포가 활동하기 쉬우니 주의하라고 했다. 관절이 쑤시는 날에는 어깨와 허리에 파스를 붙여도 통증이 가시지 않았다. 지긋지긋한 관절염에서 해방되면 조그만 분식집이라도 열어 남은 인생을 버틸 수 있을까.

그녀는 어서 집으로 돌아가고 싶었다. 일찍 돌아가야 다음 날 일하는 데 지장이 없다. 평창동 할머니는 변덕이 심했다. 조금 늦게 출근하거나 조금 일찍 퇴근하면 용심을 부렸다.

승가원 앞에는 수문장처럼 지키고 선 소나무 한 그루와 활짝 핀 야생 국화 몇 포기뿐이었다. 주변은 고요했고 마당에 널어놓은 붉은 고추며 고구마, 밤, 도토리가 소꿉놀이하듯이 자기들끼리 소곤거렸다.

느닷없이 그녀의 핸드폰 벨이 울렸다. 핸드폰 화면에는 〈순수〉라고 떠 있었다. '너 몰래 하루를 가득 채우고 기대해. 내일은 더 나을 수 있다고~' 카더가든의 목소리에서 순유는 위로를 받았다. 내일은 더 나을 수 있겠지….

미닫이문이 드르륵 열리면서 안에서 비구니 스님이 나왔다.

순유는 마당가에 엉거주춤 서서 핸드폰과 스님을 번갈아 보았다. 말간 눈빛을 지닌 스님이 어서 받으라는 시늉으로 손짓했지만, 순유는 핸드폰을 끄고 슬그머니 주머니에 넣었다. 마음 같아서는 여동생 부부와도 마주치지 않고 언니만 만나고 돌아가고 싶었다.

- 스님, 혹시 이곳에 순진이라는 사람이 살고 있나요? 나이는 50대 후반이고 살결이 뽀얗고 수더분하게 생겼어요.

스님의 입가에 미소가 어렸다.

- 누굴 찾는 모양인데, 이곳엔 우리만 산답니다.

스님들이 공부하는 승방에는 비구니 셋뿐이라며 스님은 제비꽃처럼 웃었다.

- 혹시 이 근처에 그런 분이 살고 있다는 말은 못 들었나요?

파르스름한 민머리 스님은 글쎄요, 고개를 갸웃하더니 그녀에게 권했다.

- 혹 괜찮으시면 차 한잔하시겠어요?

순유는 급히 손사래를 쳤다. 그리곤 머리를 숙이곤 얼른 그곳을 돌아 나왔다. 누군가 가까이 다가오면 철컥 문을 닫아거는 것이 습관이 되어버린 지 오래였다. 누군가와 말을 섞는다는 것도 인연을 만든다는 것도 다 구차했다. 어느 때부터인가 순유는 혼자가 편했다. 편했지만, 혼자라는 것은 늘 눅눅했다.

- 또 오세요.

그녀는 풍경 소리 같은 스님의 목소리를 그곳에 남겨두고 승가원을 나왔다. 국화 향기가 쭈뼛쭈뼛 따라 나오며 잘 가세요, 또 오세요, 우리네 인생. 그렇게 그녀를 배웅하는 것만 같았다.

전화를 받은 여동생은 공사 중이라 길이 험하니까 적당한 곳에 자동차를 세워두고 걸어서 오는 것이 좋을 것 같다고 했다.

저만치에 다리가 보였다. 다리 끝에는 약간 경사진 길이 산 쪽으로 내처 뻗어 있어서, 그 길을 타고 올라갔다. 그곳은 다른 길보다 폭이 넓어서 소방도로 같았고 아스팔트도 깔려 있었다. 그 도로 끝에서 꼬불꼬불한 산비탈이 급경사였다. 자동차가 숨이 차는지 갸르릉거리며 할딱거렸다. 아까 했던 정비소 직원의 말이 떠올랐다. '이젠 자동차를 바꾸시죠. 급한 대로 손을 보긴 했지만, 너무 낡아서 위험합니다.'

위쪽으로 조금 올라갔다. 구부러진 길가에 자동차 두 대가 주둥이를 맞대고 다정하게 서 있었다. 명치께가 아파왔다. 한낱 자동차에서조차 소외감을 느끼는 자신에게 연민이 느껴졌다.

아버지는 언니가 원하는 것은 무엇이든 들어줄 만큼 언니를 귀히 여겼었다. 대학 학비도, 결혼 비용도, 형부의 사업자금도 아끼지 않고 뒤를 봐주었다. 엄마는 글재주가 있는 여동생에게 유독 마음을 기울였다. 여동생이 굶고 학교에 갈까 봐, 뜨거운 국에 밥을 말아 식혀서 떠먹이며 종종걸음으로 쫓아다닐 정도로 정이 깊었다. 웃고 떠들던 가족은 그녀가 가까이 다가가면 마치 이물질이 끼어든 것처럼 입을 다물었다.

- 나, 엄마 아빠 딸 맞아?

그녀가 심통을 부리면 언니가 아예 대놓고 나무랐다.

- 애가 좀 유순한 구석이 있음 좀 좋아?

서울에서 대학에 다니던 언니는 방학 때마다 여동생에게는 신기한 물건을 사다 주면서 순유에겐 자기가 쓰던 옷이나 신발, 가방을 대물려 주었다. 언니 것은 그녀 취향과 달라서 마음에 드는 것이 없었다. 순유가 두 다리를 뻗고 울어대면 그나마 받아주는 사람은 엄마뿐이었다.

- 네가 커서 잘되면 되지.

위에서 눌리고 아래에서는 치받쳐 애가 강팍해졌다며 안쓰러워하던 엄마마저 돌아가시자, 그녀는 외돌토리로 겉돌며 비실비실 마르고 더 거칠어져 갔다.

순유는 고등학교를 졸업하곤 형부 소개로 형부의 회사 주임이던 남편을 만났다. 남편이 과장으로 승진했을 때 생활의 안정을 찾았지만 얼마 안 가서 남편은 다른 여자에게 빠져버렸다. 세상을 뒤집을 듯이 분노하던 순유에게 여동생이 말했다.

- 언니가 형부를 많이 좋아하는 거 알아. 근데 언니, 지금은 그냥 모르는 척…. 그렇게 넘어가면 안 될까? 그러면 형부는 돌아올 거야. 그땐 언니를 더 많이 사랑할 거고. 내 생각은 그래.

- 얘! 나한테 먹다 버린 껌딱지를 다시 씹으라는 거야? 구역질 나서 싫다, 얘!

순유는 토하는 시늉까지 하며 남편과 그 여자에게 빼도 박도 못할 올가미를 씌웠다.

5.

순유는 구두를 벗어들고 산 안쪽으로 걸어 들어가다가 다리 위에 섰다. 낡은 나무다리는 고향 마을에 있던 다리를 떠올리게 했다. 나무다리 밑에는 개울이 흐르고 있었는데 장마철에 물이 불면 남동생은 여동생을 업고 다리를 건네주곤 했다. 여동생을 업어서 건네준 남동생이 돌아와 등을 내밀면 그녀는 남동생을 휙 떠밀어 물속에 빠트렸다. 여동생을 먼저 챙긴 것에 심통이 났던 것이다. 손을 내미는 언니에게도 강짜를 부리며 먼 길을 돌아오곤 했다.

산속은 고요하면서도 싱그럽게 꿈틀대고 있었다. 적막할

것만 같은 산속에는 또 다른 세상을 품고 또 하나의 세상을 일구고 있었다. 콘크리트 시멘트로 지어진 2층 건물이 이제 막 완성되어 가는 중이었고 그 건물 안에서는 내부공사를 하는지 인부들이 다람쥐처럼 분주하게 들락거렸다. 그녀는 궁금했다. 이 깊은 산 중에서 무엇을 하려고 저토록 튼튼한 건물을 짓는 것일까.

시간은 벌써 4시 반이었고, 해가 이울고 있었다. 순유는 여동생에게 다시 전화를 걸었다. 신호음이 울리자 여동생은 곧 응답했다.

- 왔어?

여동생이 순유에게 조심스럽게 물었다.

- 밤 주우러 올래?

순유는 여동생이 하고 싶은 뒷말을 알고 있었다. 알밤이 꽃잎처럼 쏟아져 있다고. 밤 줍기가 너무 재미있다고. 어서 와서 함께 줍자고. 여동생은 극도로 말을 삼가고 그녀의 대답을 기다렸다. 어쩌면 방금 한 말을 후회하고 있을지도 몰랐다. 그녀는 여동생에게 은근히 부아가 치밀었다.

- 얘! 내가 너처럼 그렇게 한가한 줄 아니? 넌 팔자가 펴서 좋겠다. 근데 언니는 어디 있는 거야, 도대체?

- 응, 곧 갈게

여동생은 옆에 있는 제부를 의식했는지 서둘러 전화를

끓었다.

순유는 여동생이 일러준 대로 빨간 세모 지붕 방갈로를 찾아 두리번거렸다. 새 건물을 짓고 있는 위쪽으로 무작정 올라갔다. 며칠 전에 지하 방에서 삐끗한 발목이 시큰거렸고, 아침에 부딪힌 머리 귀퉁이에도 혹처럼 불거진 것이 만져졌다. 오랫동안 기거한 방임에도 적응하지 못하고, 노상 여기저기 부딪히며 다치기 일쑤였다. 엄마는 거친 성정 때문이라고 걱정했지만, 그녀는 늘 작은 지하 방을 탓했다.

순유의 발걸음이 빨라졌고, 공사를 하고 있는 건물 옆에 섰다. 그녀의 눈 아래로 방금 휘돌아 나온 저수지가 훤히 내려다보였다. 저수지 뒤쪽으로 버섯 모양 집들이 옹기종기 모여 소곤대고 있었다. 굴뚝에서 저녁연기가 피어오를 것 같은 정겨운 풍경이었다. 산 아래쪽에서 낮게 낮게 노랫소리가 들려왔다. 첫사랑 그 소녀는/ 어디에서 나처럼 늙어갈까~

소리 나는 쪽으로 눈을 돌렸다. 방갈로가 세모 꼭짓점으로 모아져 있었다. 삼각 모자를 쓴 것 같은 방갈로는 노랑, 파랑, 빨강 모두 세 채였다. 조붓한 길 양쪽에는 맨드라미꽃이 무리 지어 타는 듯이 시뻘겋게 피어있었다. 노래는 그치지 않고 계속 흘러나왔다.

순유는 고추밭, 참깨밭, 배추밭, 그리고 우물가를 지나 방갈로로 다가갔다. 방갈로 근처에는 과꽃, 해바라기, 봉선화,

온갖 꽃들이 뒤엉켜 흐드러졌다. 방갈로 문 위에는 〈별뉘〉〈샛바람〉이라는 양각으로 된 나무 문패가 문 앞마다 붙어 있었다.

그녀는 〈별뉘〉, 초록색 방갈로 문을 열었다. 방갈로 탁자 위에는 펜치, 망치, 철사, 자, 드라이버, 톱 등 온갖 공구들이 너저분하게 널려 있었다. 순유는 누군가 목공예를 하는 모양이라고 생각했다.

이번에는 〈샛바람〉이라고 쓰인 노란색 방갈로 문을 열었다. 뜻밖에도 내부는 환하고 산뜻했다. 사방의 벽면에는 두꺼운 전문 서적들이 꽂혀 있었고 몇 그루의 분재가 조도가 낮은 전등 불빛을 받아 고즈넉한 느낌을 주었다. 하늘로 뻗은 사다리를 따라 눈길을 멈추었다. 그곳은 하늘이 훤히 보이는 다락방이었는데 두 개의 호박 모양 꽃등이 켜져 있었다. 은은한 꽃등 불빛이 아늑한 카페를 연상시켰다. 그곳으로 쑥 들어가면 하늘로 이어지는 구름사다리가 놓여있을 것만 같았다.

세 번째 〈외골목〉 빨간색 방갈로는 두 채의 방갈로와 멀찍이 외따로 있었는데, 뜻밖에도 자물쇠로 잠겨 있었다. 순유는 언니가 사는 방이라고 짐작했다. 언니는 늘 방문을 걸어 잠그는 버릇이 있었다. 열쇠를 문 앞 화분 밑에 감추어 두던 언니의 습관이 생각났다. 순유는 몇 개의 화분 밑을 살

피고, 가운데 화분 밑에서 열쇠를 발견했다.

딸깍, 문이 열렸다. 안에는 별다른 장식은 없었다. 방갈로 구석에 놓여있는 소쿠리 안의 서너 개의 늙은 호박을 보며 언니가 기거하는 곳이 맞다고 여겨졌다. 화려한 것보다 수수한 것을 더 좋아했던 언니였다.

수수, 그랬다. 언니는 수수하였다. 중소기업 회장으로 승승장구하던 형부는 평창동에 제법 큰 집을 지었다. 산을 등지고 서 있는 웅장한 3층 집에 들어서면 그 위용에 기가 눌릴 정도였다. 솔향으로 가득한 집을 부러워하는 순유를 보며 언니는 쓸쓸하게 웃었다.

- 사람은 보이는 것과는 달라.

뜻밖의 말에 순유는 눈을 껌벅거렸다.

- 지금 행복하지 않단 거야?

부족함이 없어 보이는 언니가 불만족스러울 것이라고는 순유는 한 번도 생각해 보지 않았다.

- 언니가 뭐가 걱정이야?

- 걱정 없는 사람은 없어. 그냥 사는 거지.

- 그럼 뭐가 행복한 건데?

- 글쎄? 꿈을 꾸게 하는 것? 낭만 같은 거?

- 낭만?

순유는 푸하하, 웃음을 터트렸다. 그 나이에 새삼 꿈이나 낭만을 이야기를 한다는 것이 우스웠다. 그녀를 시무룩한 표정으로 보던 언니가 무색해져서 순유는 큼큼, 헛기침을 했다. 그러고 보면 언니는 그 집에 걸맞지 않은 그림처럼 어딘지 어설프고 어정쩡해 보였다. 도우미 아주머니가 곁을 서성거리자, 그만 들어가 쉬라고 들여보내고 언니는 순유에게 손수 밥상을 차려 주었다. 갓 캐낸 햇감자를 넣은 아욱된장국과 상추쌈, 쑥갓, 풋고추조림 등이었다. 육류를 기대했던 순유는 푸성귀 반찬이 못마땅했다. 이 좋은 집에서 겨우 된장국이나 얻어먹는 처지인가 싶어 음식을 몇 술 뜨다가 말았다. 순유는 어린 시절부터 매사를 못마땅해하고, 불만투성이라고 아버지께 자주 야단을 맞았지만, 언니를 바라보는 아버지의 시선은 따뜻해 보였던 기억만 났다.

- 사람들이 촌스럽다고 흉을 봐도 난 이곳이 젤루 좋더라. 뭐랄까, 낭만이 있잖아.

언니가 안내한 곳에는 〈순진네 꽃밭〉 팻말이 붙어있었다. 온갖 꽃들이 뒤섞여 무질서하게 피어있는 꽃밭은 이 집의 질서정연한 정원과는 도무지 어울리지 않았다. 순유는 속으로 웃었다. 회장님 사모님답지 않다고, 촌스럽다고.

〈외골목〉 방안을 둘러보았다. 침대 밑에는 마른 장작이 차곡차곡 쌓여 있었다. 방 안 구석과 벽에는 마른 쑥과 마른 솔가지가 걸려 있었고, 쑥과 솔가지가 섞인 향이 코끝을 자극했다. 침대 위 나무 선반에도 쑥과 마른 솔가지가 가득 쌓여 있었는데 성냥을 그어대면 불이 확 붙을 것만 같았다. 그러니까 정갈한 침구가 놓인 그곳은 안온한 숲 같았다. 그 침대에 누우면 금방 잠이 들 것만 같았고, 그동안 쌓인 노곤함이 말끔하게 가실 것만 같았다. 순유가 발 한쪽을 방안에 성큼 들여놓았을 때, 등 뒤에서 여동생의 목소리가 들려왔다.

- 왔어?

순유는 나쁜 짓을 하다 들킨 사람처럼 당황해서 신발을 얼른 챙겨 신었다. 결혼식 이후 처음 본 제부는 순유에게 정중하게 고개를 숙였다.

- 오시느라고 고생 많으셨지요?

그녀는 처음으로 사람대접을 받는 것처럼 괜히 울컥했지만, 마음과는 달리 고개를 까닥하는 것으로 쌀쌀맞게 응대했다.

- 이것 봐. 이렇게 많이 주웠어. 저 안에 천지야.

여동생은 소쿠리에 가득 담긴 알밤을 두 손 가득 담아 보이며 말갛게 웃었다. 아이처럼 양 볼이 발그스름했고 천진한 눈빛은 여전했다. 제부의 손에는 긴 대나무가 들려있었고 대나무 끝에는 반쪽이 비스듬히 잘려 나간 페트병이 매달려 있었다.

- 뭐 하는 것이죠?

- 밤 줍는데 쓰는 도구야. 이이가 밤새 궁리해서 만들었는데 생각보다 잘 주워지데.

여동생이 제 남편 자랑이 멋쩍었는지 곧 화제를 돌렸다.

- 많이 기다린 거야?

순유는 주위를 둘러보며 퉁명스레 물었다.

- 언니는 어디 갔니?

여동생의 눈길 끝을 따라가 보니, 검붉은 피를 토해놓은 듯한 맨드라미 꽃길을 언니가 걸어오고 있었다.

- 왔구나.

언니는 6년 전처럼 순유의 눈치를 살피거나 주눅 든 표정이 아니었다. 명동 찻집 구석으로 밀어 넣고 닦달질하는 순유에게 언니는 빌다시피 사정했었다.

- 니가, 날 좀 봐주면 안 되겠니? 니 형부도 그렇게 되고 싶어서 그렇게 된 건 아니잖아.

- 헐! 그걸 말이라고? 배 째라 이거야? 내가 쉽게 물러설 것 같아?

순유는 언니 집으로 찾아가서도 패악을 부렸다. 그녀의 기세에 눌린 여대생인 조카아이가 제 엄마를 끌어안고 끄득끄득 울음을 삼켰고, 체념한 언니는 한물간 물고기의 눈빛으로 창밖만 넋 놓고 바라보았다. 창밖에는 눈이 쏟아지고 있었고 창 너머 빽빽한 소나무에도 하얗게 눈이 덮여 있었다. 여동생이 순유를 책망했다. 큰 언니가 잘못되면 어떡하느냐고, 우울증이니 자살이니 요즘 온통 나쁜 일 투성인데 큰언니가 걱정되지도 않느냐고.

- 네가 나만큼 당해봤어? 당해 봤냐구?

소리치려던 순유는 슬며시 입을 다물었다. 여동생이 형부의 사업 부도를 막아 주려고 근근이 모아놓았던 통장 전부를 내놓았다는 것을 알고 있기 때문이었다. 언니가 또 사정했다.

- 나한테 남은 돈은 천만 원밖에 없어. 패물이랑 옷가지를 팔았는데 이게 다야. 모두 가져갔어.

- 내 돈! 피 같은 내 돈! 일억을 천만 원으로 퉁치자, 이거야?

- 나한텐 이게 다야. 너한텐 미안해서 어쩌니? 너를 볼 낯이 없구나.

순유는 헹헹! 비웃음을 날리며 천만 원을 휙 채트려 가방에 쑤셔 넣곤 방안 여기저기를 뒤졌다. 돈이 될만한 물건에는 이미 빨간딱지가 붙어 집안은 푸닥거리를 마친 무당집처럼 을씨년스러웠다. 순유는 쾅쾅 옷장 문을 여닫았고, 옷장 안에 걸린 빨간 딱지가 붙은 갈색 모피코트를 가방에 쓸어 담았다.

- 내 돈 떼어먹고 잘 살 것 같아? 여기 들어와 살 거야. 당장 방 하나 비워둬. 돈 받을 때까진 여긴 내 집이야.

언니가 담담하게 말했다.

- 그래라. 너도 힘들 텐데 어떻게든 부비면서 살자. 근데 이 집도 담 달이면 내줘야 해. 그때까지라도 괜찮겠니?

다음 달이라야 20일밖에 남지 않았다. 순유는 잡아먹을 듯이 언니를 노려보았다. 언니의 멍한 눈길은 창밖 〈순진네 꽃밭〉에 머물러 있었다. 한때 화려함을 뽐냈을 꽃대궁들이 처연하게 눈을 맞고 있었다. 그곳을 바라보는 언니의 눈빛은 마치 병이 깊은 어미 닭 같았다. 몇 달 후, 설마 하고 언니 집을 찾아갔을 때는 이미 다른 사람이 주인행세를 하고 있었다. 언니가 어디로 갔는지 조카아이도 여동생도 남동생도 아무도 말해주지 않았다. 남동생은 형부의 사업 부도를 막기 위해 자기 건물을 담보로 대출을 받았다. 매달 은행 대출이자를 갚는 남동생은 종부세며 재산세 때문에 골치를 앓고 허덕이면서도 언니를 향해 원망 한마디 하지 않았다. 이혼 후, 위자료조차 받지 못한 채 근근이 살던 여동생도 형부와 언니를 싸고돌았다. 언니를 찾아내라는 순유의 닦달질에도 여동생은 냉담했다.

- 미안해 작은 언니, 난 설령 알고 있다 해도 말 못 해. 다신 나한테 묻지 마.

여동생은 인연을 끊는다고 할지라도 어쩔 수 없다며 단호했다. 무엇이 그토록 여동생으로 하여금 언니를 보호하게 했을까. 혹시 빌린 돈을 되돌려 받은 건 아닐까. 그때도 순유는 자신만 따돌림당한다는 소외감에 악을 써댔다.

- 니깟 것들, 다 소용없어! 어차피 내겐 아무도 없어. 난 혼자야.

언니는 콧잔등을 약간 찡그리며 그녀를 향해 웃었다. 어색할 때마다 짓는 특유의 표정이었다. 6년 전처럼 언니는 순유의 눈치를 보지는 않았지만, 그렇다고 호들갑스럽게 그녀를 맞지도 않았다. 그냥 어제 만났던 사이처럼 무심했고, 무덤덤했다. 순유는 어색함을 무마하려고 형부는 어디 가셨느냐고 물었다. 언니는 대꾸하지 않고 방갈로 쪽으로 발길을 돌렸다. 그 발걸음이 허청거린다고 순유는 생각했다. 궂은 비 내리는 날/ 그야말로 옛날식 다방에 앉아~

노랫소리가 햇볕처럼 언니를 따라갔다. 마치 노래에 은혜를 입은 듯한 맨드라미 꽃길이 불그스름 타고 있었고, 모든 풍경이 언니를 떠받치고 있다는 느낌을 지울 수가 없었다. 순유와 눈이 마주친 여동생도 눈길을 비켰다.

- 형부는 어디 가셨냐구?

순유의 따지는 듯한 물음에 여동생은 아무 말도 하지 않고 소쿠리를 들고 채마밭 쪽으로 걸어갔다. 그 뒷모습을 따라 그림자도 일렁이며 뒤따라갔고, 제부도 여동생 뒤를 그림자처럼 따라갔다. 채마밭에 앉은 두 사람은 푸른 물에 몸을 담근 것처럼 푸르게 일렁거렸다. 제부는 여동생을 도와 서툰 솜씨로 고춧잎이랑 깻잎을 따고 얼갈이배추를 솎아 차곡차곡 소쿠리에 담았다. 어릴 때부터 여동생은 텃밭에 앉아 채소를 솎거나 가지, 오이, 고추, 토마토 등을 따면서 누군가의 시를 외웠었다.

아직은 먼
너에게 가기 위해
크레파스 숫자보다 더 많은
너의 빛깔을 찾기 위하여
별빛 흥건한 풀밭을 걷는다

어지러운 풀냄새
그 행간에서
너처럼 예쁜 꽃 한 송이
피워 보고 싶음을

시를 읊으며 밭둑에 앉아서 쑥이랑 냉이를 캐거나 들나물, 산나물을 뜯는 여동생의 표정은 빛이 났었다. 순유는 생산적이지 않은 그런 일을 하는 여동생이 맹꽁이 같다고 여겼다. 손에 지저분한 흙을 만지는 것이 싫은 순유는 TV 앞에서 뒹굴거리며 여동생을 비웃었다.

- 차라리 안 먹고 말지. 구질구질하게 땡볕을 쬐고 시꺼멓게 그을려?

엄마가 봉지마다 싼 나물을 가져가라고 챙겨주면 순유는 냉소적으로 대꾸했다.

- 궁상스러워. 이깟 거! 천 원어치만 사면 한 보따리야.

- 넌, 왜 노상 그 모양인고?

아버지가 쯥! 혀를 차며 또 나무랐고, 언니가 보탰다.

- 그렇게 포달을 부리면 왔던 정도 돌아가고 오던 복도 달아나는 거야. 매사에 좀 느긋하고 푸근한 마음을 가져.

순유는 언니에게 너나 잘하셔, 하고 얌상을 부렸고, 괜히 여동생을 째리면 여동생은 얼른 눈길을 피했다.

여동생은 푸성귀가 가득 담긴 소쿠리를 들고 우물가로 갔다. 제부가 여동생의 뒤를 따라갔다. 그 뒤를 좇던 하얀 털북숭이 강아지 한 마리가 그녀를 힐끗 돌아보더니 왈왈 짖어댔다. 그녀는 한쪽 발을 쿵 굴렀다. 잇개놈이! 강아지가 더 사납게 짖어댔다. 그때 어허, 참깨야! 하고 강아지를 제지하는 소리가 들렸다. 돌아보니 선한 눈매의 키가 큰 남자가 서 있었다. 공사장에서 인부들에게 뭐라고 이르던 남자였다. 그녀는 자신도 모르게 남자에게 공손하게 고개를 숙였다. 남자도 허리를 굽혀 고개를 숙였고 이내 여동생 부부가 있는 쪽으로 걸어갔다. 남자의 발밑에서 장난을 치던 털북숭이 강아지가 그녀를 힐끗 보며 캉캉 짖고는 그를 따라갔다. 노랫소리는 바람 소리에 작아졌다 커졌다 일렁이며 마음에 파고를 일으켰다. 그곳의 모든 분위기와 소리, 맨드라미 때문에 언니와 남자는 떼려야 뗄 수 없는 관계처럼 여겨졌다.

6.

언니가 차려놓은 상 위에는 고춧잎나물, 얼갈이 겉절이, 그리고 빨갛고 먹음직스러운 총각김치와 동치미가 상에 올라 입맛을 돋우었다. 그러고 보니 순유는 아침을 거른 상태였다. 삼겹살 구이에 구색을 갖춘 풋마늘, 풋고추, 상추, 치커리, 등이 가득한 상차림이 정갈했다. 언니가 제부에게 권했다.

- 장모님이 해 주신 밥상이라고 생각하고 많이 들어요. 엄마가 살아 계셨더라면 무엇이든 해 먹이고 싶어 하셨을

텐데….

키 큰 남자가 어색해하며 말했다.

- 불청객이 이렇게 끼어들어도 되는지 모르겠습니다.

제부가 남자에게 편안하게 드시지요, 하고 권했다. 남자는 맛있게 먹겠습니다. 하고 젓가락을 들었다. 도대체 저 남자는 누구일까. 언니와는 어떤 관계일까. 형부는 어디로 숨은 걸까. 궁금증이 꼬리를 물었다. 그들은 자기들끼리 통하는 은어처럼 속마음을 주고받는 것만 같아서 순유는 이방인 같은 느낌이 들었다.

- 가족과 함께 밥을 먹는다는 건….

남자가 말끝을 흐리자 제부가 경쾌하게 받았다.

- 지상의 첫 행복이지요.

제부와 남자가 주고받는 말투로 미루어 그들은 초면이 아닌 듯했다. 여동생이 순유에게 권했다.

- 언니도 어서 먹어.

그녀는 가족, 행복, 그런 단어들이 낯설었다. 그녀는 전남편이 여동생에게 친절하게 대할 때면 꼬부장해서 쏘아붙이곤 했다.

- 칫! 마누라한테 좀 그렇게 해보시지?

혼자 지내는 처제가 안쓰러워서 한 배려일 테지만 자신에게 거리를 두는 남편이 내심 고까웠던 것이다.

언니가 순유에게도 권했다.

- 너도 어서 먹어. 먹을 것도 없는데 먼 길을 오라고 해서, 좀 그렇다. 그치?

언니는 나이 들어가면서 점점 말투도 모습도 엄마를 닮아 갔다. 나직하면서도 흐트러짐이 없는 균형감. 그런 엄마가 입버릇처럼 말했었다.

- 내가 가고 없더라도 행여 띠앗끼리 얼굴 붉히며 다투지 마라. 있다가도 없고, 없다가도 있는 것이 돈인데, 띠앗이라는 건….

그쯤에서 엄마는 항상 말을 멈추곤 숨을 골랐다. '한번 어긋나면 영영 되돌리기가 힘들단다.' 그런 뒷말을 하고 싶었을까. 죽자 살자 악을 쓰며 덤비는 순유에게 특별히 이르는 말임을 알고 있음에도 순유는 독하게 내뱉었다.

- 난, 포기 못 해, 엄마. 그 돈이 어떤 돈인데.

엄마가 한숨을 섞었다.

- 내가 할 말이 없구나. 너도 오죽 답답하면 그러겠니? 내가 돈이 있으면 당장 해줄 터인데…. 어쩌다 집안이 이리됐는지. 내 죄가 큰 게야.

언니가 남자에게 순유를 소개했다.

- 이 애가 큰 여동생이에요. 순유. 참하고 예쁘죠?

남자가 수저를 상에 놓고 순유를 향해 고개를 숙였다. 순유도 어떨결에 남자에게 고개를 숙였다. 숙인 고개가 어색하게 떨렸다.

순유는 배가 고팠지만, 입안이 소태처럼 썼다. 전기세 수도세가 밀려 끊겠다는 경고장을 받은 지가 보름이 지났다. 겨울을 날 일이 걱정되었지만 그래도 살아내야 했다. 나 슬퍼도 살아야 하네. 유행가 가사처럼.

순유는 언니와 눈을 마주치려고 계속 주시했지만, 언니는 쉽게 눈을 마주쳐주지 않았다. 전에 한 행실이 서운해서인가 싶었는데 꼭 그런 것만은 아닌 것 같았다. 그렇다고 제부와 낯선 남자가 있는 자리에서 전처럼 '내 돈 내놓으라' 하고 패악을 부릴 수는 없었다. 순유는 6년 만에 불러 놓고 돈 이야기는커녕, 제부만 챙기는 언니가 야속했다. 그렇다고 하루를 허비해서 찾아온 수고를 허탕 치고 돌아갈 수는 없었다. 언니가 부엌으로 갔을 때, 순유는 슬그머니 따라 들어갔다.

- 할 말이 있어.

별로 놀라지도 않고 언니가 태연하게 대꾸했다.

- 알아, 가 있어.

- 빨리 가야 해. 내일 출근해야 해.

- 서둘 거 뭐 있니? 어차피 갈 건데…. 밥은 먹어야지.

- 오늘 안 된다는 거야?

그럼, 왜 오라고 했느냐고 좀 더 강하게 밀어붙이려고 했지만, 말이 나오지 않았다. 언니에게서 흘러나오는 어떤 분위기가 그녀를 나약하게 만들었다. 어쩌면 낭만적인 노래 때문인지도 모른다고 순유는 생각했다. 검붉은 맨드라미 꽃길 때문인지도 모르겠고, 이곳을 둘러싼 자연 때문인지도 모른다고.

언니가 금방 따서 씻은, 물기가 송골송골 맺힌 검붉은 포도랑 방울토마토가 담긴 소쿠리를 건네며 순유의 등을 밀었다. 순유는 물기를 머금고 있는 과일 소쿠리를 멀뚱하게 바라보았다. 어서 집으로 돌아가야만 하는데. 아침 일찍 출근도 문제지만 그녀는 아무 데서나 잠을 잘 수 없었다. 결벽증 때문만은 아니었다. 자다가 눈을 뜨면, 뼈마디가 쑤시는 관절 통증 때문에 자리에서 곧장 일어나지 못했다. 또 방광염 때문에 화장실을 자주 들락거리고, 밤새 뒤척여서 옆 사람을 밤새 불편하게 했다. 그녀는 아무에게도 통증을 들키고 싶지 않았다. 다른 사람에게 잠을 방해하고 싶지도 않았다. 더구나 내일은 늦지 않게 출근을 해야 한다. 평창동 할머니는 얍심스러워서 늘 불안했다. 노인은 마치 그녀를 길들이기 위한 도사처럼 심술스러웠다. 하지만 변덕이 나면 안마 의자에 앉아 허리를 펴라고 가끔 허락해 주곤 했다. 노인이 조금씩 쥐어 주는 용돈이 그나마 궁기를 덜어주었지만, 끊임없는 수다를 들어줘야 하고, 뭔가 재미난 이야기를 해줘야 했다. 그러다 보면 하루 끝은 녹초가 되기 일쑤였다. 물먹은 솜처럼 무거운 몸을 질질 끌고 집에 돌아오면 꿀잠은커녕 밤새 신음으로 지샜다. 그런 일과가 반복되었다. 지하 방은 여름엔 덥고 겨울엔 추워서 노상 감기를 달고 살았다. 그녀가 간절히 바라는 것은 지하 방에서 벗어나는 것뿐이었이다.

7.

언니가 술상을 들고 왔다. 남자가 벌떡 일어나 상을 받았다.

언니가 하얀 사기 술잔을 제부에게 내밀었다. 진한 맨드라미 꽃술이 하얀 잔에 따라졌다. 술은 검붉고 진한 피 같았다.

- 그나저나 우리 민 서방 입에 맞을지 모르겠네요. 혹 입에 안 맞더라도 장모님 마음이라고 여겨줘요.

우리 윤 서방, 우리 윤 서방. 엄마가 형부에게 그랬던 것처럼 언니의 입에서 그 말이 자연스럽게 흘러나왔다. 언니는 순유의 전남편에게도 그랬다. 우리 차 서방, 우리 차 서방. 그런 언니를 전남편은 진심으로 좋아하고 따랐었다.

언니는 외롭고 고되게 살았던 제부에게 장모 역할이라도 해주고 싶었던 것일까. 아니면 거칠고 서럽게 살았던 여동생을 짝으로 맞아준 제부에 대한 고마움을 그렇게라도 표현하고 싶었던 걸까.

술잔을 받아 든 제부는 환하게 웃었다. 행복이란 이런 거야, 하는 표정으로.

여동생이 검붉은 꽃술을 골똘하게 들여다보았다.

- 맨드라미 꽃술? 이 꽃술은 어떻게 담그는데?

- 매실주 담는 거랑 비슷해. 하지만 한 가지 비법이 있어.

- 비법? 그게 뭔데?

모두 언니를 바라보았다. 언니는 쑥스럽다는 듯이 배시시 웃었다.

- 별거 아니야. 내 마음을 담은 거야. 이 술을 마시는 사람들은 반드시 행복해질 거라는 주술 같은 거.

언니는 붉은 맨드라미 꽃술을 바라보며 중얼거렸다.

- 우리 진수에게도 먹여야 하는데. 우리 진수를 생각하면… 가슴이 무너져.

언니는 노란 보자기에 싸인 술병을 가슴에 안았다. 이 꽃술은 우리 진수 거야, 하는데 목이 콱 잠겼다. 남동생이 형부 회사 때문에 경제사범으로 수감 중이라는 말은 하지 않았다. 술에 대해서만 자꾸 이야기했다.

- 이 꽃술은 행운을 가져다주는 주술이 담겨 있어요. 이 꽃술을 먹으면 반드시 그리돼요.

언니가 약간 천진스럽게 웃었다.

- 내가 빌면 그리돼요. 내가 조금 신기가 있거든요. 훗! 정말이라니까요.

남자와 언니의 시선이 가끔 허공에서 부딪쳤다. 언니는 남자의 시선을 피했다. 술잔이 몇 순배 돌도록 순유는 잔만 받아놓고 버티고 앉아 있었다. 빈 그릇을 상 밑에 숨겨두고 술을 쏟아버리곤 우두커니 앉아 있는 그녀에게 제부는 처형도 한잔하시라고 술잔을 가끔 부딪쳐 주었다. 남들에게는 일상인 그것이 순유의 가슴을 조금씩 덥혀왔다.

- 학교는 그만두신 건가요?

여동생의 물음에 남자가 짧게 대답했다.

- 예.

설마, 열 살쯤 아래로 보이는 남자와 언니가 그렇고 그런 사이는 아니겠지만 그것 또한 모를 일이다. 남녀 간의 미묘한 관계란 구름도 새도 모르는 일이니까. 새삼 형부의 행방이 궁금했다.

순유는 자꾸 세속적으로 얽으려 드는 자신이 못마땅했다. 남녀 간의 일이란 자연스러운 일이라고 여겨졌다. 서로 등을 내주면서 이불이 되어주고 신발이 되어준다는 것은 축복이라고. 그러나 남편과 그 여자를 생각하자 걷잡을 수 없이 화가 치밀었다. 남편의 마지막 말이 그녀의 귓가에 파고들었기 때문이다.

- 넌 피를 말리는 균 같아, 지긋지긋한 균.

얼마나 진저리났으면 그런 표현을 했을까. 까짓것! 그건 그렇고.

그녀는 어서 돌아가고 싶었다. 사는 일이, 앞으로 살 일이 더 급했고, 또 살아내야만 했다. 이제 언니 있는 곳을 알았으니 돌아가야겠다고 생각하면서 그녀는 주차장을 향해 걸어갔다. 그런데 자동차가 보이지 않았다. 그제야 저 산 아래에 차를 세워놓고 걸어온 것이 생각났다. 그녀는 당혹스러웠다.

- 우리 낚시 갈까요? 오늘처럼 달이 밝으면 꽤 낭만적일 텐데.

설거지를 마친 언니의 말에 남자가 주섬주섬 낚시도구와 텐트와 랜턴을 챙겼다.

- 요 앞에 낚시터가 있는데 입질이 쏠쏠합니다. 경치가 볼만해서 후회는 안 할 겁니다.

언니와 남자는 가끔 낚시를 즐기는 모양이었다.

여동생이 말했다.

- 그러고 보니 오늘이 월식이네?

순유는 혼잣말로 중얼거렸다.

- 월식이 대체 뭐래?

트럭 기사도 말했었다. 월식만 아니면.

언니가 순유에게 돗자리를 들려주곤 남자와 앞장서서 논둑길을 걸어갔다. 여동생과 제부가 언니 뒤를 따라갔다. 순유도 할 수 없이 돗자리를 들고 터덜터덜 뒤따랐다. 아무도 말이 없었다. 순유는 혜지 씨에게 전화를 걸었다. 아무래도 오늘 집에 돌아가지 못할 것 같으니 내일 하루만 더 평창동 할머니를 돌봐달라고 부탁했다.

텐트 칠 장소를 가늠하던 남자가 뚝딱뚝딱 능숙하게 텐트를 쳤고 제부도 그를 거들었다. 철조망 옆 뚝방에 멈춰선 남자가 낚시터 자리를 찾느라 이리저리 둘러보았다. 달은 점점 밝아오고 있었다. 마을 불빛이 멀리서 자신의 존재를 알리듯 반짝반짝 신호를 보내왔다. 나, 여기 있다고. 넌 거기 잘 있느냐고 안부를 묻듯이.

순유는 새삼 그 불빛들이 정겨워 보인다고 여겨졌다.

제부와 남자가 낚시도구를 챙겨 낚시터로 가면서 릴낚시가 어떻고 웅덩이 낚시는 어디가 좋고, 쏘가리는 어디가 잘 잡힌다고 두런두런 낚시 이야기를 주고받으며 멀어져 갔다. 그들 사이에는 오래전부터 알고 지낸 사람들처럼 친근한 기류가 흘렀다. 사람과 사람 사이에 오가는 고요하면서도 포근한 그 어떤 것. 순유는 처음 느끼는 그것들이 퍽 생소했다.

언니와 여동생은 텐트 옆에 마련된 불판 위에 냉동된 열빙어를 구우며 도란거렸다.

- 열빙어를 잡던 날 기억나? 강원도 어디더라?

- 평창이었나?

- 도리뱅뱅이가 열빙어야?

- 바싹 구워야 맛있던데.

- 너무 자주 뒤집으면 비린내가 나는 거야. 아, 저 밤은 너무 삶으면 단맛이 다 빠진단다.

- 저 달 좀 봐.

둘은 소소한 이야기를 주고받았다. 순유는 그 소소함이 탐났다. 전에 느껴보지 못했던 그런 것들은, 돈으로 살 수 없는, 그녀에게는 너무 멀리 있는 것처럼 낯설었다. 엄마가 바라는 것은 이런 소소한 정겨움, 그런 것이 아니었을까.

언젠가 TV 화면에 이산가족 상봉 장면이 아나운서의 뒤 화면에 가득 잡혔다. 이산가족 상봉에 대한 논의가 있었으나 고향방문단 교환 이후, 추가 방문단에 대한 협의가 아직 상봉 성사로까지 이어지지는 못했다며 만남을 더 추진 중이라는 이야기였다. 엄마는 이산가족 장면만 보면 두 손을 꼭 옹크려 쥐고 TV 앞을 떠나지 못했다. 그럴 때마다 순유는 리모컨으로 TV를 툭 꺼버리며 중얼거렸었다.

- 가까이 있는 형제들도 원수 같은데 이산가족은 무슨 빌어먹을!

엄마는 통일이 되어 죽기 전에 여동생을 만날 수 있으면 좋겠다고 말했었다. 생사조차 알 수 없고, 만날 수도 없는 여동생을 그리워하는 엄마를 그녀는 늘 어리석다고 여겼었다. 가까이 있으면서도 소 닭 보듯 하는 그녀로서는 반평생 여동생을 그리워하는 엄마가 미련해 보였다.

8.

순유는 언니와 여동생에게 선뜻 다가가지 못하고 먼발치에서 서성거렸다. 가까이 다가간다 해도 그녀가 할 일은 아무것도 없었다. 그렇다고 전에 없이 새삼 팔을 걷어붙이고 일손을 돕는 것도 어색했다. 언니와 여동생은 손발이 착착 맞았다. 언니가 솜씨를 부려 나물무침이나 나물볶음을 해놓으면, 여동생은 예쁜 그릇에 정갈하게 담아서 밥상에 올려놓았다. 가족은 깨소금을 씹는 행복한 표정이었지만 순유는 매번 젓가락으로 그 나물을 흩트리며 투덜거렸다.

- 무슨 맛으로 먹는지 몰라. 질긴 풀무치를.

제부와 남자는 낚싯바늘에 떡밥을 끼워 넣으며 두런거렸지만 넓은 공간 때문인지 잘 들리지 않았다. 순유는 용기를 내기 위해 중얼거렸다. 아주 좋은 기회야. 기회는 이때다. 방해자도 불청객도 없어. 더구나 고즈넉한 밤이고, 방해꾼도 없이 우리 자매뿐이잖아.

그녀는 언니와 여동생에게 성큼성큼 다가갔다. 때마침 여동생의 음성이 높아지고 있었다.

- 그래서? 형부가 스스로… 그랬단 말이야? 언제? 언제 그랬어?

순유는 망치로 뒷머리를 가격당한 느낌이었다. 섬뜩하면서도 당혹스러웠다. 아! 이젠 모든 것이 끝이구나. 돈을 받지 못할 것이라는 허탈함이 스쳐 지나갔고 짧은 순간, 묘한 해방감이 엇섞여 들었다.

언니가 자조적으로 낮게 읊조렸다.

- 아휴, 그 인간, 잘 갔지 뭐. 무슨 좋은 꼴 보겠다고 아등바등 살겠니? 발버둥 쳐도 살아남을 방법이 없는걸. 이 나라에서 신용불량자가 할 수 있는 일이란 아무것도 없더라. 눈만 뜨면 쇠꼬챙이가 목을 바짝 겨누고 있지. 행상으로나 품팔이로라도 푼돈을 쥐면 어떻게 알았는지 빚쟁이들이 너나없이 목줄을 바싹 틀어쥐고 알곡 빼가듯이 뺏어 가는데 살맛이 뭐 났겠니?

설마 순유에게 들으라고 하는 말은 아니겠지만 어쨌든 그녀는 정신이 없었다. 따지고 보면 그녀도 알곡을 빼앗은 그들 중 한 명이었다.

언니가 명치께를 움켜쥐자, 여동생이 무릎걸음으로 다가들어 언니의 옷자락을 들쳤다. 순유 눈에도 명치께가 시꺼멓게 멍들어 있는 것이 얼핏, 보였다.

- 어떡해 언니. 어떡해. 얼마나 힘들었으면. 으흐흑. 형부도 오죽 힘들었으면….

여동생이 끅끅, 울음을 삼켰다. 무슨 일인가 궁금해 달빛이 기웃거렸다. 훔쳐보는 달.

순유는 언니와 여동생에게 다가들지 못하고 후들후들 떨고 있었다.

얼마간의 침묵이 이어졌다. 침묵을 뚫고 언니의 입속에서 흥얼흥얼 노랫소리가 흘러나왔다. 이제와 새삼 이 나이에/ 청춘의 미련이야 있겠냐마는/ 왠지 한 곳이 비어있는~

순유는 그 노래에 이끌리듯 주춤주춤 다가갔다. 언니가 아무 일도 없었다는 듯이 순유에게 의자를 내주었다.

- 우리가 앞으로 몇 번이나 더 만날 수 있겠니?

여동생이 눈을 흘기며 볼멘소리를 했다.

- 언닌… 왜 그런 말을 해? 불경스럽게.

- 사람 일이란… 모르지.

- 그래도 그런 말 하지 마. 이제 우리 한 달에 한 번씩이라도 만나면 되잖아.

- 내가 너희에게 못 할 일만 시켜서 어쩐다니. 특히 순유한테는….

여동생이 입막음하듯 싹둑 잘랐다.

- 다 지난 일이야, 언니.

- 그래 지난 일이지. 까짓거 다 들어 줄 테니 나한테 하고 싶은 말 다 해봐. 이젠 배짱도 생겼는걸, 뭐.

여동생이 짐을 벗어던지고 싶었는지, 아니면 순유의 입막음을 하려는 것인지 일부러 밝게 말했다.

- 그래도 돼? 야자타임처럼?

순유는 여동생이 하고 싶은 말을 알고 있었다. 여동생이 이혼하기로 한 날, 여동생이 부탁했었다.

- 언니, 같이 좀 가주면 안 될까?

그날 남편의 외도를 처음으로 알게 된 순유는 산 하나를 뒤집어 놓을 듯이 분노했다. 그러나 여동생에게는 감정을 숨기고 평소처럼 삐딱하게 말했다.

- 바빠, 골프 약속 있어.

여동생은 울음을 터트렸다.

- 무서워. 그 사람 알잖아, 늘 칼을 품고 있어.

순유는 여동생 전남편의 손에 들렸던 부엌칼을 떠올렸지

만 제 코가 석 자였다. 순유는 섬뜩한 벌레를 떼어내듯이 매몰차게 잘랐다.

- 얘! 그 정도도 참아낼 수 없으면서 이혼은 왜 하자고 했니?

그리곤 자신의 발등에 있는 불 끄기에 급급해서 여동생의 부탁 같은 건 까맣게 잊었다. 그동안 여동생이 어떻게 살았는지, 3년 동안 쫓기며 질질 끌던 이혼은 무사히 끝냈는지, 폭행은 또 당하지 않았는지. 솔직히 알고 싶지도 않았고 관심도 없었다. 제 인생 각자 사는 거지, 뭐. 그렇게 치부했고 여동생이 집으로 전화를 걸어오면 야멸차게 따돌렸다.

- 지금 시댁에 가고 있어. 오늘 제사거든.

- 집으로 전화한 건데?

집 전화라는 걸 깜박 잊은 순유는 잠깐 당황했지만 별로 개의치 않고 짜증을 냈다.

- 왜 그러니? 자꾸 귀찮게.

순유는 여동생이 집으로 찾아올까 봐 아예 피했고, 자신의 처지를 들킬까 봐 쌀쌀맞게 연막을 쳤다. 여동생에게는 그런 일이 가장 서운했을 것이라고 여겼다.

- 그게 뭐였냐면 있잖아.

여동생은 그렇게 서두를 꺼냈지만 잠시 말을 멈추었다. 금세 눈에 물이 차올랐다. 여동생이 어렵게 풀어놓은 말을 간추려보면 이랬다.

3년을 쫓기다가 천신만고 끝에 이뤄낸 이혼이었지만 살길이 막막했다. 아이를 데려오는 조건으로 위자료를 포기한다는 각서를 썼기 때문이다. 지출을 줄이기 위해 자동차도 핸드폰도 모두 없애 버렸지만, 교육비는커녕 당장 쌀을 살 돈이 없었고 관리비조차 낼 형편이 못 되었다. 입원한 엄마에게 가보고 싶어도 교통비가 없었다. 여동생이 떨리는 목소리로 말을 이었다.

- 그땐 나뭇잎이 흔들리는 것만 봐도 저 잎은 얼마나 아프기에 저리도 흔들릴까, 바람 소리만 들어도 얼마나 아프면 저런 울음을 울까, 그런 생각이 들 정도로 극도로 예민했어. 그때 작은언니가 뭐랬는지 기억나?

순유는 아무것도 기억에 없었지만, 여동생이 대신 기억을 소환했다.

- 네가 제일 홀가분하니까 병원 와서 엄마 병간호나 해라, 그러더라. 그 말이 그렇게 아프고 서운했어. 그때 우리 아이가 고3이었어. 한창 클 나이인데 먹을 게 없어서 매일매일이 전쟁 같았어. 그날 기분이 얼마나 엉망이었는지…. 마땅히 울 곳이 없어서 산속 깊이 들어가 폭포수 앞에서 펑펑 울었어.

순유는 질끈 눈을 감았다. 3년 동안 전화 한 통 없다가 겨우 한다는 말이 병든 엄마를 떠넘기는 자신이 얼마나 야속했을까. 그러나 그런 일은 까맣게 잊고 있었다. 여동생이 남동생 집에 얹혀살 때도 순유는 못마땅해서 전화로 쏘아댔던 기억이 났다.

- 얘! 그 애들도 엄마 모시고 힘들 텐데 왜 거기 얹드려 있니? 이혼이 무슨 자랑이라고 그 애들까지 힘들게 하니? 엄마는 또 얼마나 속상하시겠니?

그러니 그곳에서 하루빨리 나오라고 다그쳤다. 여동생은 풀이 죽어서 대꾸했다.

- 이혼 소송 중에 거처가 확실치 않으면 불리하대.

의처증이 심한 남편일수록 각별히 주의해야 한다고 변호사가 말했다고 했다. 더구나 남편이 심부름센터에 의뢰 중이고, 잡히면 죽인다고 날뛰어서 무섭다고 여동생이 말했었다. 그때도 순유는 매몰차게 말했다.

- 얘! 나 같으면 강원도 산속 같은 데에 꼭꼭, 숨어 살겠다. 그게 피차 편하지 않겠니?

언니가 여동생의 손을 부여잡았다.

- 막내야. 그땐 내가 좀 살 때였는데, 왜 널 안 돌봤는지 모르겠구나. 내가 죽어서나 죄를 갚으려나 모르겠다.

순유는 미동도 없이 가만히 있었지만, 안에서는 심한 회오리가 일렁거렸다. 민망해진 순유의 입에서는 엉뚱한 말이 빠져나왔다.

- 저게 월식인가? 훔쳐보는 달.

한 번도 누군가에게 사과를 해 본 적이 없는 순유는 여전히 사과할 줄도 그 방법도 잘 몰랐다. 그래서 달만 보고 있었다.

여동생이 순유에게 말했다.

- 미안해, 작은 언니. 오랜만에 만났는데 이런 이야기를 해서. 근데, 이야기하고 나니까 좀 괜찮아졌어. 사실 언닐 많이 미워했거든. 띠앗끼리 잘 지내라던 엄마한테 죄스러웠고. 근데, 고해성사를 한 것처럼 후련하네.

여동생이 처음으로 순유에게 눈을 맞추며 낮게 말했다.

- 그거 알아? 작은 언니를 다시 찾은 느낌. 이래서 엄마가 띠앗띠앗 그랬나 봐.

순유는 생각했다. 그동안 나만 힘든 게 아니었구나. 남편이 다른 여자에게 빠져 눈이 돌아갔을 때만 해도 그런대로 견딜 수 있었다. 남편이 지긋지긋하다고 도리머리를 흔드는 것도 그나마 애정이 남아있어서라고 믿었었다. 이젠 진절머리 난다고, 그림자도 보기 싫고 목소리도 듣기 싫다고 남편이 소리칠 때도 진심이 아니라고 여겼었다. 애증일 뿐이라고. 반어법이라고, 순유는 그렇게 믿고 싶었다. 당신은 나를 떠나 살 수 없을 거라고 자신만만했었다. 그러나 남편의 주검을 발견했을 때, 순유는 모든 걸 알아버렸다. 한 치의 미련도 없이 버림받았다는 것을.

아이가 없어도 상관없다고, 너만 바라보아도 배가 부르고 세상이 아름답다고 속삭이던 빛바랜 남편의 귓속말을 목숨처럼 붙잡고 있었다는 것을.

남편의 외도 상대를 알아챈 순유의 분노는 극에 달했다. 원귀가 되어서라도 원수를 갚겠다고 집안의 집기를 부수며 담배와 술로 밤을 지새웠다. 그러나 다 지난 일이었고, 어쩐지 오늘은 말할 수 있을 것 같았다. 언니가 아픔을 툭 털어놓듯이, 여동생이 고해하듯 미움을 놓아버리듯이. 그녀도 진실을 쏟아놓고 싶었다. 그다음은 잘 몰랐다. 순유는 어색했지만, 용기를 냈다.

- 우리 집 화상도 죽었다.

언니와 여동생의 눈이 밤송이처럼 벌어졌다. 놀란 여동생이 눙치려고 했다.

- 에이, 마음속에서 죽었다! 그 말이지, 그지?

순유의 표정이 농담이나 장난이 아니라는 것을 눈치챘는지 언니가 순유의 손을 꼭, 잡았다.

- 자세히 말 좀 해봐, 이것아.

순유는 모두, 전부 다 말할 수는 없었다. 그날, 남편은 여행 중이었다. 그 여자와 함께. 순유가 추운 겨울에 찬물을 끼얹었던 여자. 구두 굽으로 머리를 갈겼던 여자. 머리채를 끌고 남편의 사무실 안팎을 휘돌며 패대기쳤던 여자. 그녀의 시어머니와 남편과 아이들 앞에 무릎을 꿇린 한 여자. 순유의 남편을 가리키며 저 사람을 따라가게 해 달라고 빌던 그 여자. 생애 처음으로 느낀 내 사랑을 지키고 싶다고 절규하던 그 여자. 순유의 오랜 친구였던 그 여자.

그 여자와 함께 살기 위해 남편은 죽기 전부터 이혼을 준비했었다는 사실도 변호사 사무실을 통해 알았다. 아파트가 빈껍데기로 남게 된 것도 그 여자와 살기 위해서였다는 것을, 나중에 알게 되었다. 그러나 그런 사실까지 말하기는 싫었다. 남편이 그 여자와 함께 여행 중에 자동차 사고로 죽었다는 말은 더더욱 꺼내기 싫었다. 지금은 지나간 과거였고 앞으로 살 미래만이 숙제처럼 남아있을 뿐이었다.

언니가 순유의 등을 쓸었다.

- 잠깐 한눈을 파는 줄만 알았지 그런 몹쓸 일을 당한 줄 누가 알았겠니. 이것아 맘고생이 얼마나 심했니? 언니가 돼 가지고 너한테 못 할 짓을 시켜서 어쩌니?

형부 이야기를 하면서도 담담했던 언니가 끅끅, 목울음을 삼켰다. 여동생도 소리 죽여 울었다.

- 왜 이제 말하는 거야? 작은 언니.

순유는 울음 같은 건 나오지 않았다. 아무려면 죽기야 하겠어? 불현듯 그런 배짱이 생겼다. 가슴 안에서 고름을 짜낸 것처럼 후련했다. 그러고 보면 순유가 원하던 것은 어쩌면 돈, 그런 것보다도 누군가의 관심 한소끔이 아니었을까. 자신의 이야기에 귀를 기울여 줄 누군가. 공감을 받으면 마음에 봄이 온다는 말은 명언이라고 순유는 생각했다.

9.

아침에 눈을 떴을 때는 햇볕이 텐트 사이로 강렬하게 쏟아져 들어왔다. 거짓말 같게도 어젯밤은 한 번도 깨지 않고 아프지도 않고, 잘 잤다. 그것이 믿어지지 않았다. 혹시 월식 때문이었나. 이곳의 자연환경 때문인가. 순유는 주위를 둘러보았다. 어수선한 술자리도 말끔하게 치워져 있었고, 언니의 잠자리도 정갈했다. 개켜진 이불 위에 베개도 반듯하게 놓여있었다. 어젯밤 너무 울어서인지 여동생의 얼굴은 부석부석했고 아직도 꿈을 꾸는지 어깨를 들썩이며 잠에서 깨어나지 못하고 있었다. 순유는 여동생의 어깨께까지 이불을 끌어당겨 여며주며 조그맣게 말했다. 미안해.

10.

낚시터에는 아직도 낚시꾼들이 찌를 바라보고 앉아 있었

다. 어젯밤 하얗게 새웠는지 낚시 의자에 앉아 있는 제부의 모습이 구겨진 비옷처럼 초췌해 보이는 것이 아니라 낭만적으로 보였다. 제부뿐 아니라 주변의 사물이 다르게 보였다. 낚시터, 산, 구름, 풀, 햇볕, 물살, 낚시 바구니… 모든 것이 연초록 파스텔 톤으로 보였다. 마치 청정함으로 샤워를 한 것 같았다.

- 밤을 새웠나 봐요?

순유는 자신의 목소리에 독기가 싹, 빠져 있다는 것에 놀랐다. 제부가 얼떨결에 몸을 반쯤 일으켰고, 그녀는 무안해서 멋쩍게 웃었다.

- 많이 잡았나요?

순유의 물음에 제부가 어색하게 웃으며 어망을 끌어 올려 물고기를 보여주었다. 비좁은 어망 안에서 잉어, 쏘가리, 가물치 등이 자리다툼으로 팔딱거렸다.

순유가 제부 옆에 쪼그리고 앉았다. 제부가 낚시 의자를 내주었다. 미소를 머금은 제부의 눈길을 따라가 보니 여동생이 이제 막 일어났는지 기지개를 켜고 있었다. 제부가 여동생을 향해 손을 흔들자, 여동생도 마주 손을 흔들었다.

제부가 갑자기 고개를 갸웃하더니 방갈로 쪽에 시선을 고정했다. 누군가 저쪽에서 뭐라고 다급하게 소리치며 팔을 내젓고 있었다. 분명 공씨라는 그 남자였다. 여동생이 그쪽을 향해 허둥지둥 달려갔다. 제부는 어망을 물속에 툭, 떨어뜨리고는 방갈로 쪽으로 냅다 뛰었다. 물고기들이 엎어진 어망 밖으로 빠져나와 쏜살같이 물속으로 사라졌다. 순유는 제부가 달려가는 쪽으로 눈길을 좁혔다. 시뻘건 불길이 활활 타오르고 있었다.

11.

언니는 스스로 갔다. 빨강 지붕 방갈로를 무덤 삼아 스스로 불을 사르고 다비식을 치르듯이 가버렸다.

다비식이 시체를 화장하여 그 유골을 거두는 의식이라면, 언니의 죽음은 무엇이라고 명명해야 할까. 스스로 화장을 치렀으니 자비식이라고 해야 할까.

방갈로는 폭삭 타서, 재로 변해 있었다. 언니에게 있어 과거는 타오르는 다비의 불꽃과 함께 재로 소멸될 것인가. 순유는 언니 대신 자신이 갔더라면 좋았을 걸, 그런 생각이 간절했다. 산다는 것이 버겁고 구차했는데 그동안 무엇을 부여잡고 안간힘을 쓰며 버텨 왔을까. 언니를 만나기 위해서? 돈을 받고야 말겠다는 오기로? 혹은 알 수 없는 어떤 희망으로?

순유는 안에서 터져 나오는 울음을 삼키느라 목 안이 아팠다.

그날은 형부의 4주기 제삿날이었다. 언니가 다비식을 치른 시간은 개기월식이 진행 중이던 시간대였다고 남자가 말했다.

언니는 왜 하필 그 시각을 택했을까. 도대체 월식이 뭐길래.

언니가 미리 준비한 것이 틀림없다고 생각을 굳힌 것은 병원에서 걸려온 전화 때문이었다. 환자가 병원에 올 날짜가 많이 지났는데 안 온다며, 유방암이 이미 여러 곳에 전이되어 위험한 상태라고 간호사가 걱정했다.

남자는 마치 자기 잘못인 양, 정말 미안하다고 숨을 컥컥 몰아쉬었다. 미리 알아챘어야 했는데, 유방암인 줄도 몰랐다고. 〈외골목〉 방갈로 안으로는 한 발짝도 못 들어오게 해서 문을 열어 본 적도 없었다고. 침대 밑에 장작이 쌓인 것도, 석유통이 있는 줄도, 병이 있는 줄도 까맣게 몰랐다고 띄엄띄엄 말했다.

언니가 남자에게 남긴 편지에는 이렇게 적혀 있었다. '참으로 미안하지만, 참으로 염치없지만, 내 동생 순유, 그 아이를 좀 부탁해요'

순유에게 주는 유서에는 이렇게 씌어 있었다.

'순유야, 이것이 네게 해줄 수 있는 전부야. 용서를 빌게.'

12.

순유는 손수건에 싸인 금붙이들을 오래도록 들여다보았다. 천오백칠십만 원의 잔액이 들어있는 통장에는 일주일에 한두 번, 혹은 한 달에 두서너 번씩 24,000원, 6,800원, 45,900원 등이 입금되어 있었다. 언니는 무엇을 해서 이 돈을 모았을까. 올이 풀린 노란 손수건을 풀어보니 금붙이와 함께 반지가 있었다. 반지는 엄마가 북에 있는 여동생을 찾으면 꼭 전해 주라던 유품이었다. 순유는 유품을 손에 꼭 그러쥐었다. 울음조차 나오지 않았다. 돈에 대한 욕심과 이기심을 버리게 하려고 언니는 사람을 이토록 무색하게 하는가.

13.

언니의 뼈를 모아 화장을 할 때는 남동생이 주관하는 것 같았지만 자세히 보면 남자의 지시에 따라 조용히 움직이고 있었다. 불탄 자리에서 뼈를 모으는 남자의 손짓, 태도, 눈빛이 숙연해서 감히 아무도 나서지 못하는 눈치였다. 조카 아이는 순유와 눈이 마주치는 걸 극구 피했고, 순유도 차마 고개를 들지 못했다. 49재를 치르고 가족이 마주 앉았을 때

남자가 느릿느릿 말했다. 둘만 있는 산속이어서 좋았다고. 7년 연상쯤 상관없었다고. 함께한 지난 1년간은 동화 같았다고. 아내와 아이 둘을 잃고 세상에 끈을 놓아버린 그에게 맨드라미 꽃술과 맨드라미 꽃차를 만들며 닭 볏 같은 맨드라미를 쥐고 닭 울음소리를 흉내 내며 함께 웃던 날, 그날 비로소 숨길을 찾았다고. 그의 말은 신파 같았지만, 당사자에게는 생명줄이었을 것이다.

14.

순유는 여동생 부부의 배려로 전류리 포구 근처로 이사를 했다. 여동생과 함께 만든 여동생 집 마당에는 〈순진네 꽃밭〉이라고 남자가 새겨 준 나무 팻말이 서 있고, 꽃밭 안에는 맨드라미, 봉숭아, 채송화, 해바라기 등 온갖 꽃들이 어우러져 피어났다. 남자는 제부의 권유로 산속의 집을 정리하고 전류리 포구 근처로 이사해서 '공씨목공예방'을 열었다. 남동생은 출소하여, 공씨를 돕고 있다.

전류리 해안가 산책길에서 여동생이 말했다.

- 북쪽의 물과 남쪽의 물이 합쳐지고 그 합쳐진 물이 어딘가에서 갈라져 다시 만나 휘돌면 또 만나기도 하고 헤어

지기도 한대.

순유는 김훈의 「자전거 여행」을 소포로 보내온 사람이 여동생이라는 사실을 그때 알게 되었다. 보낸 사람 이름도 주소도 없어서 누군가 잘못 보낸 모양이라며 몇 달 후 묵은 책을 뜯었던 기억이 났다. 그러니까 여동생은 언제나 순유에게 관심을 기울이고 있었는데 순유는 알아채지 못했던 것이다.

여동생이 포구에 눈길을 주었다.

- 난 전류리(轉流里)란 뜻이 참 좋아.

- 강물이 거꾸로 뒤집혀 흐르는 마을이라며? 그게 뭐가 좋아?

- 거꾸로 흐르고 흘러서 만날 사람은 이렇게 만나잖아. 언니도 엄마를 만났겠지?

여동생이 아슴한 눈길로 대꾸했다.

순유는 여동생의 눈길 끝을 따라 전류리 포구를 바라보았다. 물새 떼가 수평선 위를 높이 날고 있었다.

-《한국소설》 발표

어쩌다, 작가교실

봉평 도서관에서 주관하는 작가 교실에 등록하고선 깜박 잊고 있었다. 아침에 문자를 받고서야 오늘이 첫 수업인 것을 기억해 냈다. 솔직하게 고백하자면 작가 교실에 등록한 순간부터 고민에 빠졌었다. 이 나이에 작가 교실이라니? 내가 미쳤나! 아내의 영향 때문일까. 아리송했다.

나는 쭈뼛거리며 도서관 안으로 들어갔다. 도서관 안은 안온했다. 창밖을 통해 보이는 고요한 시골 풍경은 마네의 그림을 연상시켰다. 풀밭에 앉아 쉬고 있는 여인에게로 온통 쏟아지는 햇빛, 그로 인해 빛나는 황금빛 나뭇잎. 마네의 그림 이미지를 지닌 아내를 나는 지극히 사랑했다. 하지만 아내가 연한 크림색 카라 꽃을 좋아한다는 사실을 안 것은 아내가 죽고 난 후였다. 나는 아내에 대해 무엇을, 얼마나 알고 있을까.

수강생은 열 명 남짓이었다. 회원들은 호기심과 기대감으로 눈빛이 초롱초롱했다. 나는 대열에 잘못 끼어든 이물질처럼 생경하고 어색했다. 어쩌다 작가 교실에 덥석 발을 들여놓았을까, 좌불안석하며 엉덩이를 들썩거렸다. 내 속내를 읽기라도 한 듯 옆자리 여인이 말했다. 괜찮아요. 마음 턱 놓고 맡기세요. 곁에서 속삭이는 것처럼 들려오는 그 소리는 뜻밖에도 아내의 목소리였다. 뚫어져라 여인을 바라보았다. 여인이 살포시 웃었다. 나는 여보, 하고 불렀지만, 내 목소리가 입 밖으로 나오지는 않았다. 핑, 눈물이 피어올랐다. 루게릭병, 알츠하이머 등 희귀병을 치료하는 의약품 연구개발에 매달리느라 아내가 암세포와 싸우는 줄도 몰랐다. 아내를 잃고 무기력증에 빠진 나는 치료차 이곳으로 오게 되었다. 아내의 소망대로 진작 이곳으로 왔다면 아내의 병을 치료할 수 있었을까.

사십 대로 보이는 강사는 몸집이 왜소했지만, 꽤 강단 있어 보였다. 짧게 자른 머리에 화장기라곤 없었고 눈빛이 날카로웠다. 강사는 불쑥 불온한 질문부터 던졌다.

- 여러분은 여기 왜 오셨습니까?

당혹스러웠다. 따지는 듯한 말투도 말투려니와 작가 교실이란 표제로 유혹해 놓고 이 무슨 방자한 질문일까.

- 누가 등 떠밀어서 오셨습니까?

아무도 대답하는 이가 없었다. 강사가 낮은 어조로 말

했다.

- 저는 이 강의가 폐강되기를 은근히 바랐습니다.

점입가경이었다. 뭐 이런 건방진 강사가 있나 싶으면서, 한편으로는 마음이 놓였다. 저 정도의 강사라면 주눅들 이유가 없다. 안 나오면 그만이다, 생각했다.

강사의 어조는 조금 더 낮아졌다.

- 나비 한 마리가 허공에서 날갯짓을 할 때는 말입니다. 온몸에 있는 수백 개의 근육 조직을 움직여야 합니다. 남들 눈에는 사뿐사뿐 춤추는 몸짓으로 보이겠지만, 그 우아한 몸짓을 위해 얼마나 많은 신경세포가 긴장하고 애써야 하는지…. 글을 짓는 일도 이와 다르지 않지요.

강사의 말투에는 연민이 섞여 있었다.

- 내가 혹시 여러분의 평온한 삶을 흔드는 건 아닌지, 괜한 고통 속으로 끌어들이는 건 아닌지, 그런 우려 비슷한 생각이 들었습니다.

강사의 말을 해석해 보면 글을 쓴다는 것은 그리 녹록지 않다는 뜻이다. 작가의 길이 험난하다, 그런 의미일 것이다.

- 어쨌든 환영합니다. 여기까지 오신 여러분은 이미 반은 작가입니다. 왜냐? 관심이라는 것은 끌림이고, 끌림이 여기까지 오게 했고, 여기에 온 것은, 하고 싶은 이야기가 있다는 뜻이지요.

강사는 앞으로 각자가 지닌 개성을 찾아가는 방식으로 진행될 것이라고 수업계획을 설명했다. 우선 땅을 깊이 갈아엎어 토양에 맞는 묘목을 심고 키우는 방법을 터득하게 될 거라고 설명했다.

강사는 회원들에게 자기소개를 곁들여 여기에 오게 된 이유를 일 분 안에 말해보라고 했다. 일 분이라는 말에 나도 모르게 긴장했다. 나는 어물어물 주절주절 어떻게 소개했는지 기억조차 없다. 그렇게 많은 세월을 대학 강단에 섰음에도 사람들 앞에 처음 선 것처럼 어벙거렸다. 서슴없이 발표하는 회원들은 책깨나 읽고 글깨나 써온 사람들처럼 마치 제 위치를 찾아 똑 알맞게 들어선 사람들 같았다. 그들의 눈빛은 살아 꿈틀거렸다. 소개가 끝났다. 강사는 '여기 오기 한 시간 전'에 있었던 일에 대해 쓰라고 했다. 시, 수필, 소설, 어떤 형식이든 상관없다. 편한 대로 써라. 그 뜻이었다.

- 십 분 드립니다. 두 줄도 좋고 세 줄도 좋고.

기초교육부터 할 줄 알았던 나는 정신이 없었다. 그냥 멍했다. 어떤 사람은 출발 준비를 했다가, 빵! 소리를 듣고 출발선을 튕겨 나가는 단거리 육상 선수처럼 재빨리 쓰기 시작했고, 생각을 다듬으려는 듯 골똘히 생각하는 이도 있었다. 나는 강사와 얼핏 눈이 마주쳤다. 강사는 무염한 시선으로 나를 보았다.

- 할 말이 없으면 안 쓰셔도 됩니다.

그 말에 조금 안심이 되었다. 그렇다고 가만히 있을 수는 없었다. '한 시간 전에 일어났던 일'이라는 전제에 서산댁의 목소리가 떠올랐고, 겨우 몇 줄 썼을 때 강사가 그만! 하고 손을 들었다.

- 옆으로 건으시죠.

건으라고? 건어서 어쩌려는…. 나는 몇 줄 끼적인 종이를 내 책갈피에 슬쩍 밀어 넣었다. 옆에 앉은 회원이 내가 끼적인 글을 빼앗다시피 채가선 다른 이들의 글 사이에 끼워 넣었다.

강사는 합평에서 주의할 사항을 간략하게 설명했다. 다른 이의 글을 합평할 때는 글에 도움이 될 만한 사항들만 이야기하라. 인신공격, 혹은 인격모독이 되지 않도록 주의해야 한다고 주의를 주었다.

강사가 방금 건은 글을 무작위로 회원들에게 나누어 주었다. 그리곤 각자의 손에 들려있는 글을 차례로 소리내어 읽게 했다. 공칙하게도 첫 발표자의 손에 들린 것은 내가 쓴 글이었다. 아직 제목도 짓지 못한 상태였다. 가슴이 턱없이 콩닥거렸다. 사십 대로 보이는 정 여사가 읽기 시작했다.

「아유, 저것들이 뭔지랄여! 지랄이!/ 여편네의 목소리가 허공을 뚫는다/ 언뜻 돌아보니 적막강산/ 깊은 산골 마당 한낮에/ 개 두 마리 열애 중/ 눈빛이 게슴츠레 풀려서 홍콩인지 하와이인지를 오락가락/ 차마 보기 민망해서 눈길을 돌린다/ 저것들은 밤낮 지랄여, 지랄이!/ 싸리 빗자루로 내리 조지는/ 여편네의 혹독한 매타작은/ 뭔 심술인지 영 개운찮다」

읽기가 끝나자, 회원들이 와하하 웃으며 각자 나름의 평을 했다.

재미있어요. 낯 뜨거워요. 이런 글을 쓰다니, 용기가 대단합니다. 약간 천박한 것 같아요. 민망해요.

얼굴이 후후 달아올랐다. 그런데 차갑고 쌀쌀맞은 인상과는 달리, 강사가 달큰한 미소를 입가에 피워올렸다.

- 솔직하고 대담하죠? 생명력도 느껴지고, 게다가 운율도 있습니다. 다만 연애나 섹스에 대해 언급할 때는 문장을 절제해야 합니다. '여편네', '내리 조지는', 이런 언어는 순화해야 합니다. 스릴러나 호러, 카니발리즘의 글을 쓴다고 해서 여과 없이 거칠게 쓰라는 뜻은 아닙니다. 그런 글일수록 오히려 정제시켜야 합니다.

수업이 끝나고 뒤풀이를 가자는 의견이 있었다. 첫날이기도 하고 서로 얼굴을 익히자는 뜻에서 '무이 예술관' 커피숍에 모여 앉았다. 선약이 있다는 회원 두 사람은 먼저 가고 여덟 명의 회원이 참석했다. 찻집 안에는 쇼팽의 '녹턴'이 흐르고 있었다. 심플하고 모던한 커피숍 홀에는 세 팀이 차를 마시며 도란거리고 있었다. 은은한 불빛의 홀 안은 발리의 어느 숲속의 카페처럼 이국적이면서도 안온했다. 시간이 지나면서 회원들은 서로 친숙해졌고, 거침없는 농담이 오고 갔다.

내 글이 낯 뜨거워서 혼났다는 송 여사가 말했다.

- 민 씨는 즘잖게 생긴 분이, 그렇게 음흉한 글을 쓸 줄은 몰랐어요. 호호호….

웃으면서 콕 찌르는 농담에 당황했지만, 나도 모르게 넉살 좋게 받아넘겼다.

- 아, 예. 제 안에 아마 음란이가 사는가 봅니다.

말해 놓고, 나도 놀랐다. 내 입에서 어느 연예인이 했다는 말이 툭, 튀어나와, 내 안에 다른 내가 있는가, 싶었다.

- 하여간에 음흉해욤.

- 음흉보다는 의뭉이겠지요. 음흉과 의뭉은 다릅니다.

강사가 낮게 끼어들었다. 단어 한자라도 골라 써야 한다는 일침 같아 움찔 움츠러들었다. 송 여사는 스스럼없이 네,

선생님! 까르르, 알밤 쏟아지는 소리로 웃었다.

문학의 세계란 참 묘한 힘이 있었다. 강사의 칭찬 한마디에 나는 문학인의 대열에 끼어든 사람처럼 우쭐해졌다. 커피값은 조금도 아깝지 않았다. 이런 자리라면 자주 커피를 사고 싶을 만큼 즐거웠다.

나는 작가 교실에서 메모한 것을 읽어보았다. 많이 읽고, 많이 쓰고, 많이 생각하라는 3多가 기본이었는데 강사는 5多를 강조했다. 영혼을 맑게 정화시킬 것. 체력 관리와 시간 관리를 잘할 것을 추가했다. 작가가 되려면 세계관, 가치관, 인생관이 뚜렷해야 한다. 그러려면 인문학, 자연과학, 심리학에도 관심을 가지라고 했다. 글을 쓰기 전에 우선 마음이 순수하고 따뜻해야 한다는 강사의 말 때문이었을까. 어쩐지 나는 조금 정화된 느낌이 들었다.

작가 교실에 다녀와선 마음이 분주해지고, 생기도 났다. 마음 한구석에 미련을 버리지 못하고 책장에 꽂아두고 있던, 화학 의약품 관련 전문 서적을 상자에 담아 밖으로 내놓았다. 구석으로 밀쳐놓았던 고전과 명작으로 책장을 채웠다. 나는 니체, 칸트. 포우 단편집. 아내가 소중히 여기던 책들을 손으로 쓸어보았다. 대학 때 건성으로 읽었던 인문학 서적이 새삼 귀하게 여겨졌다. 책을 정리하던 나는 뜻밖에도 두 권의 노트를 발견했다. 정갈한 아내의 성품을 대하는 것 같아 뭉클했다. 책갈피마다 꽂혀 있는 카라 꽃을 보고 아내가 카라 꽃을 좋아한다는 것을 처음 알았다. 교사였던 아내가 시인이 되고 싶다고 말했을 때 나는 건성으로 대꾸했었다.

- 열심히 해보구려. 뜻이 있는 곳에 길이 있다지 않소.

말은 그렇게 했지만, 속으로는 웃었다. 시인이라니. 가당키나 한가.

노트 표지에는 〈유혹하는 글쓰기〉라고 적혀 있었다. 습작글 같았다. 소설인지 수기인지 모를 글이 노트를 빼곡하게 채우고 있었다. 다른 노트 겉표지에는 〈하면 된다!〉라는 다소 치기 어린 문구가 적혀 있었다. 독후감, 또는 책에서 베낀 메모 같았다. 아내가 곁에 있을 때, 적극적으로 후원해주지 못한 것이 새삼 미안했다.

아내의 글을 읽은 나는 혼란스러웠다. 비밀을 엿본 충격도 충격이었지만 그것이 실제 경험 같다는 의구심 때문이었다. 나는 노트를 뒤적거리며 밤새 웅얼거렸다. 아내는 이 노트를 왜 남겼을까. 암 투병 중이라 정리할 여념이 없었을까.

작가 교실 두 번째 수업은 최아달 씨의 글이었다. 「개띠 아내」는 오탈자투성이였지만, 읽는 내내 웃음이 비어져 나왔다.

「부동산으로 돈깨나 끌어모은 나는 매일매일 빈둥거렸다. 골프나 등산을 핑계 삼아, 여자 후리기 재미에 옴팡 빠져들었다. 미술품을 사들이기 시작한 아내는 강원도 산골짜기에 나를 처박아 두고, 펜션 사장이라고 박힌 명함을 주머니에 찔러주었다. 천오백 평 대지에 200평짜리 3층 건물을 지은 아내는 소나무와 단풍나무 등을 빽빽하게 심게 하고선 관리를 잘하라고 명령했다. 봉평은 겨울이 오 개월이나 된다. 폭설이 내리면 내 뼛골이 녹았다. 눈 치우기에 일 년 중 오 개월을 바쳐야 했다. 눈 치우는 기계를 사들여 잠깐 재미를 붙였으나 얼마 지나지 않아 싫증이 났다. 펜션에 사람이 찾아오든 말든 내가 다닐 길만 겨우 내놓고선, 나는 골프와 산행을 핑계 삼아 싸돌아다녔다. 내 취미는 여자들이랑 놀기였다. 아내는 미술품이 생기면 창고에 쟁여놓기 위해 서울에서 봉평을 분주하게 드나들었다. 내 낯짝이 그리 시원하게 생기지 않아 꾀께 미안하기는 하지만 나름대로 인기가 있다는 걸 아내도 알고 있다. 돈 잘 쓰지, 매너 있지, 노래 잘하지, 운동 잘하지, 유머 있지. 그런 나에게 아내도 홀랑 넘어오지 않았는가. 아내가 봉평에 오면 밤새 안고 뒹굴다가 코피 터지는 날도 가끔 있다. 아내도 어지간히 밝히기는 하였다. 내가 코피가 터지기 직전까지 용을 써야 아내가 겨우 고양이 소리를 냈다. 그러고 곯아떨어졌는데 갑자기 눈앞에 불똥이 튀었다. 눈을 떠보니 아내가 내 멱살을 잡고 이쪽저쪽 귀싸대기를 갈겨대고 있었다.

- 와 이라노? 미칬나?

- 숙이가 누고? 바른대로 대라. 대란 말이다. 숙아, 숙아. 사랑한데이! 사랑한데이! 너 없으면 못 산데이! 밤새 고 지랄하더란 말이다.

저번에는 경아!를, 연이!를, 그리고 민이!를 불러대며 잠꼬대를 했다는 것이다. 아내의 이름은 경연이었다.

- 당신 이름이 경아고, 연이 아이가?

- 그라모, 민이는 눈데?

나는 멱살잡이에 싸다귀에 코피에 몸이 성할 날이 없었다. 자다가도 느닷없이 귀때기를 잡혀 엎어터지기 일쑤였다. 나는 세상에서 아내가 젤로 무섭다. 나를 딱하게 여긴 장모가 '이 사람아, 안 들키야지.' 혀를 차며 숨겨 주었다. 처제는 나를 등신 취급했다. '형부야, 니 등신이가? 안 들키는 스킬을 개발하등가 브랄을 짤라버리등가 해라마.' 그러면서도 아내를 따돌려 주었다. 장모와 처제에게 집을 사주고 골프채를 사주고 여행자금을 대준 건 참 잘했다. 하여간에 나는 아내가 무서바 살 수가 엄따. 그래서 개띠 아내를 고발할라꼬 작가교실에 왔다. 에이씨, 속이 다 씨언하다.」

글 읽기가 끝나자, 여자 회원들의 원성이 빗발쳤다.

- 그러게, 최아달 씨는 왜 바람을 피우냐고요? 글쎄!

- 그럼, 이 풍진 세상을 뭔 재미루 살 것십니꺼?

최아달 씨는 귓구멍을 후벼파면서 태평한 어조로 반문했다.

- 어후, 기막혀! 바람피우는 작자들은 그냥 매타작으로 조져야 한다니까요!

- 그기 특기고 취민데 우짭니꺼?

- 이봐요! 바람피우기가 큰 자랑이세요? 뻔뻔하긴!

여자 회원들은 '조강지처클럽' 회원처럼 너나없이 입 도리깨질을 했다. 원성이 잦아들자, 강사가 차분한 어조로 물었다.

- 최아달 씨, 이 글을 왜 썼습니까?

- 하, 와 쓰기는요? 아내를 확 고발할라꼬예, 고발은 뭐, 소설 아잉교?

- 지난번에 장르에 대해 배웠죠? 이 글은 소설, 수필, 수기 중 어느 장르에 속합니까?

- 모립니다. 기냥 속이 터져 쓴깁니다. 억울한 기 싹 가싰심더마.

- 억울하긴 뭐가 억울해요? 잘못은 본인이 해 놓구선.

여자 회원들은 자기 남편의 바람기를 잡도리하듯 언성을

높였다.

강사는 회원들에게 개인적인 감정과 공적인 감정을 냉정하게 구별해야 제대로 된 합평을 할 수 있다고 주의를 주었다. 그리곤 조금 뜸을 들인 후에 말했다.

- 이것이 만약 소설이라면 도덕적인 잣대를 들이대선 안 됩니다. 설령 경험을 글로 썼다고 하더라도 작품으로 존중해야 합니다. 원래 소설은 경험을 녹여 꾸며내는 것이니까요. 그러나 수필이라면 얘기가 달라집니다. 수필은 자기가 주인공이고 겪은 이야기가 주재료니까. 이 글이 수필이라면 수정해야 할 부분이 많습니다. 넋두리나 고자질을 여과 없이 글로 옮기는 것은 수필이 아닙니다. 작가는 이 글을 왜 썼는지 무슨 말을 하려고 하는지 스스로 자문해야 합니다. 그래야 이야기 이상의 글이 됩니다. 설령 한풀이로 썼다 하더라도 작품으로 승화시키기 위해서는 어떤 공력을 기울여야 하는지 알아야 합니다.

나는 점점 더 알아듣기 어려워졌다. 최아달 씨도 난해한 수학 문제를 마주한 표정으로 멀뚱거렸다. 강사의 총평이 이어졌다.

- 하지만 소설이 인간탐구라는 것을 인지한다면, 좋은 소설을 쓸 역량이 있습니다. 거침없는 솜씨가 놀랍습니다. 오탈자가 많기는 하지만 그건 큰 문제는 안 됩니다. 차츰 배

우면 되니까요.

그동안 이슬방울처럼 아슬아슬하게 붙어있던 회원들은 가을 낙엽처럼 하나둘 가버리고 남은 회원은 다섯 명뿐이었다.

이번 합평작은 장봉식 씨의 글이었다. 제법 써본 솜씨 같았다. 「아내와 마지막 춤을」은 다소 충격적이었다. 나는 이해하기가 좀 어려웠다.

「엉망진창으로 살던 놈도 죽을 날을 받고 보면 착해지는 법. 죽기 전에 꼭 하고 싶은 일이 있다. 아내와 마지막으로 전라 춤을 춰보고 싶다. 아내의 닫힌 마음과 몸을 활짝 열어주고 싶다. 그렇다고 죽음을 빙자해 동정을 구걸하고 싶지는 않다. 나쁜 남편으로 남는 건 싫다. 상처받고 결벽증까지 생긴 아내에게 용서받고 싶다. 기회가 없다는 것은 참담하다.

나는 아내와 7년 열애 끝에 결혼했다. 20년을 살다 보니 사랑도 시들하고 삶도 인생도 시든 시금치처럼 시들시들했다. 가슴에 구멍이 뻥뻥 뚫린 것처럼 허했다. 나는 자꾸 헛짓을 저질렀다. 동화 작가를 꿈꾸던 아내는 꿈은커녕 우울증으로 아슬아슬하게 하루하루를 견디며 늙어갔다. 바람둥이 남편이 병을 옮아온 뒤부터는 결벽증까지 생겨버렸다. 그때부터 아내와의 사랑놀이가 끊겼다. 아내는 이혼하라고 부추기는 친정 가족과 친구들의 권유에도 벙어리 냉가슴 앓듯 끙끙대는 눈치였다. 죽을 때까지 헤어지지 말자고 맹세하면서 까짓것! 우리도 남들 다하는 영상을 남겨보자고 의기투합해 결과물을 남겼다. 그것이 발목을 잡고 있다. 한창때 찍은 야리꾸리한 비디오테이프. 그때 쓴 각서에는 이런 내용이 들어 있다. '배신하면 인터넷에 확 공개한다. 먼저 이혼을 거론하는 쪽이 재산을 몰수당한다.' 이것이 사랑의 후유증이자 족쇄다. 그것이 아니었다면 우리의 결혼 생활은 진즉에 산산조각이 났을까?

젊어서부터 양기를 주체 못 해, 온갖 못된 짓을 한 나는 폐암 말기, 시한부를 선고받았다. 인과응보였다. 나는 차마 아내와 가족에게도 말을 못 하고 끙끙 앓고 있다. 죽음에 대해, 분노하고 체념하고 받아들이는 3단계가 지났을 때, 후회되는 것이 딱 한 가지 있었다. 아내와 함께 전라 춤을 추고 싶다는 것.

아내의 절친 커플에게 나의 죄를 낱낱이 고백하고 도움을 청했다. 그들은 정신이상자 대하듯이 나를 피했다. 하지만 나의 끈질긴 설득에 우리의 이별 데이트를 도와주었다. 하지만 아내에게 질투 유발 작전 같은 건 씨알도 먹히지 않았다. 오히려 경멸스럽다는 듯이 절친에게 쏘아붙였다고 했다. 너도 점점 그 인간에게 전염되는구나.

나는 손발이 닳도록 아내에게 빌고 또 빌었다. 위자료는 물론, 전 재산과 비디오테이프도 넘겨주겠다, 그러니 마지막으로 이별 여행을 가자고 설득했다. 가까스로 아내의 허락을 얻어냈다. 단둘이서 헤이리 예술인마을로 바람을 쐬러 갔다. 살날이 얼마나 남았을까. 한 달? 내일? 몇 시간? 아무도 모른다. 나는 이승을 떠나기 전에 아내에게 용서받고 싶었다. 아내와 함께 근사한 레스토랑에서 식사를 했다. 와인도 마셨다. 그런데 별로 할 말이 없었다. 낯설고 어색했다. 너무 오랫동안 소통하지 못한 탓이었다. 나는 용기를 내서 아내에게 말했다. 마사지를 받고 두 시간 후에 만나자고. 아내가 펄쩍 뛰었다.

- 마사지라니? 무슨 소리야? 난 그런 거 안 해.

- 이미 결재 끝냈는데?

- 돌려달라면 되잖아.

- 규정이라서 안 돼. 아깝잖아. 이왕 온 거. 그리고 나 음주 운전이잖아.

쌀쌀맞게 거절하던 아내를 달래 겨우 허락을 받았다. 나는 몇 가지 마사지 규칙을 일러 주었다. 반드시 천으로 눈을 가릴 것. 마사지사가 하는 대로 온전히 맡기고 휴식을 취할 것. 마사지가 계속될 동안 절대 제지하지 말 것 등이었다. 아내가 건성으로 고개를 끄덕였다.

아내가 예약된 마사지실로 들어갔다. 그 순간, 나는 이승과 저승으로 갈리는 묘한 느낌이 들었다. 얼마 남지 않은 아내와의 시간을 미리 체험하는 느낌이었다. 삶과 죽음으로 갈라지는 순간처럼 여겨져 가슴이 서늘했다.

검은 천으로 눈을 가린 아내. 마사지사는 아무 말이 없다. 아내는 차라리 그것이 마음이 편하다. 얼굴에 마스크팩을 붙이고 그 위에 석고를 덧씌웠으니, 상대의 얼굴을 볼 수도 없다. 얼마나 완벽한 익명성의 획득인가. 마사지사가 부드럽고 섬세한 손길로 아내의 전신을 문지르고 누르고 찌르고 자극한다. 꼼짝도 하지 않던 아내의 몸이 서서히 반응한다. 아내는 몸을 뒤채면서도 거절했지만, 마사지사의 반복적인 자극으로 두 팔에 힘이 빠진다. 아내는 자신도 모르게 터져 나오는 신음에 당황한다. 능숙하고 리드미컬한 마사지사의 마법에 걸린 아내는 격렬하게 늪을 헤엄친다. 그런데 어쩐지 그 손길이 몸에 익다. 그래서인지 더욱 빨려든다. 블랙홀처럼. 그야말로 전라 춤이다. 남편과 비디오를 찍던 그 순간처럼 달콤한 격정의 순간… 그 신묘한 나라에서 빠져나오자 아내는 후회하기 시작한다. 내가 미쳤지! 미쳤어!

돌아오는 차 안에서 나는 아내에게 넌지시 물었다.

- 마사지는 어땠어?

아내는 창밖으로 얼굴을 돌리며 태연하게 대꾸한다.

- 마사지가 다 그렇지, 머.

아내의 목소리가 미세하게 떨리고 있다. 나는 운전대 위에 놓인 내 손과 아내를 번갈아 본다. 그냥 괜히 눈물이 난다. 아내가 사랑스럽다.」

읽기가 끝나자, 한 여성 회원이 진지하게 물었다.

- 근데요, 장봉식 씨, 진짜 폐암으로 죽는 거 아니죠? 그냥 소설인 거죠?

회원들이 와하하, 웃었고, 장봉식 씨도 설핏 웃었다. 웃는데 반쯤은 어둡고 반쯤은 웃는 낯꽃이다. 나는 용기를 내어 물었다.

- 그런데 마사지사가 혹시 남편인가요?

회원들이 와하하, 웃었다. 그러나 장봉식 씨는 웃지 않았다.

'재미있다. 충격적이다. 내용은 알겠는데 왜 그래야 하는지 모르겠다, 전라 춤을 왜 추는지 모호하다, 등. 평이 엇갈렸다. 강사의 총평이 이어졌다.

- 이 글은 사형선고를 받은 남편의 고백서입니다. 다소 거칠지만, 이승을 떠나기 전에 아내와 마지막 사랑을 나누고 싶어 하는 주인공의 심리가 좋습니다. 전라 춤을 추고 싶다는 은유적 이미지도 소설적입니다. 죽기 전에 아내와 화해하고 싶다는 갈망의 표현이죠. 어둡고, 엄숙한. 일종의 블랙코미디적 요소도 있습니다. 단점이 있다면 시점입니다. 도입부에서는 일인칭 주인공 시점인데 중간 부분은 남편과 아내의 시점이 혼재되어 있고, 마지막 부분은 주인공 시점으로 바뀝니다. 시점 부분은 고민해야 할 것 같습니다.

나는 시점 같은 것은 물론, 글의 내용도 잘 이해되지 않았다. 전라 춤이 무엇인지 그것이 왜 은유인지, 왜 마사지를 해야 하는지 알쏭달쏭했다. 무엇보다도 새침데기 아내의 행동이 미웠다. '원, 다른 사내와…시침 뚝 떼고 앙큼하긴!' 속으로 불만을 씹었다.

다음 주 목요일은 내 글을 합평해야 했다. 나는 아직 한 자도 쓰지 못했다. 골이 터질 것 같았다. 글쓰기가 이렇게 어려운 줄 미처 몰랐다. 나는 아내의 노트를 뒤적거렸다. 다 읽은 내용이지만, 또 읽어보았다. 제목은 「남자의 작가 유미리 님께」였다. 나는 이 글을 합평작으로 내기로 결정했다. 이 글이 실제의 경험인지 알고 싶었다. 혹, 평이 좋으면 아내 이름으로 책을 내 줄 생각이었다. 첫날 옆자리에 앉았던 송 여사가 읽기 시작했다. 송 여사는 아내와 닮은 데가 있어서 편했다.

「작가님, 나는 이따금 생각합니다. 사람의 마음을 열어보면 상상치도 못할 상처를 껴안고 살아가는 사람들이 의외로 많구나. 그럴 때 안도 같은 걸 느낍니다. 나 혼자만 소외되고 결핍된 것이 아니라 인생 자체가 상처구나, 하는 집단의식 같은 걸 말입니다. 상처로 얼룩진 삶의 무늬를 지닌 사람들에게 정이 가는 이유가 그 때문일지도요.

당신이 쓴 '남자'라는 작품을 읽고서도 그런 생각이 들었지요. 그래서 당신에게 편지를 쓰는지도 모릅니다.

'남자'를 읽고 느낀 것은 작가님은 자기 자신과 세상에 정직하다는 것. 성에 대한 의식이 거침없고 당당하다는 것, 그리고 성을 독립적으로 바라보는 시각이 독특하면서도 대담하다는 것입니다. 내가 가장 이끌린 부분은 성을 일상처럼 이야기한다는 것이지요. 밥 먹고 이를 닦고 대소변을 보는 일처럼 말입니다. 그래요. 사랑이 고프면 몸을 열고 마음을 나누어야겠지요. 그것이 일상이니까요. 그런데 말입니다. 나라는 인간은 성에 대해 경직되고 왜곡되어 있습니다. 친구나 후배의 섹스 이야기를 들으면 힘껏 응원하면서도 자신에 대해서는 매우 인색합니다. 예를 들어 남편과 마음에 없는 사랑을 나누었다 치면 오늘 내내 후회하고 스스로에게 화를 내면서 쉴 새 없이 지껄입니다. 네가 창녀니? 곰곰 생각해 보니 강간당했다는 느낌 때문인 것 같습니다.

유미리 씨. 나는 이제 한 사람의 독자로서 '남자'의 작가인 당신에게 내 이야기를 들려주려 합니다. 내가 성의 첫 경험을 한 것은 초등학교 1학년? 그때 나를 더없이 사랑해 주는 아빠와 삼촌의 보호를 받으며 세상에 막 눈을 뜨고 있었습니다.

나에게 무서운 조폭 삼촌이 있는데도 검은손을 뻗치는 사람이 있었으니, 그는 이웃집에 사는 내 친구의 삼촌이었습니다. 그는 황소처럼 힘이 세고 머슴처럼 우악지게 생겼지만, 우리 삼촌을 몹시 두려워했습니다. 그가 영화표를 보여주며 영화 좋아하지? 줄까? 하면서 자기 무릎에 나를 앉혔습니다. 나는 소름이 돋았지만, 가만히 있었습니다. 표가 탐이 나서도, 호기심 때문도 아니었습니다. 그냥 숨이 막혀 몸을 움직일 수가 없었습니다. 그는 내 아랫도리에 손을 집어넣었습니다. 울음이 목울대까지 차올랐지만 터트리지 못했습니다. 그때 화장실에 갔던 친구가 돌아오는 기척이 들렸습니다. 그는 나를 얼른 무릎에서 떼어내고 방바닥에 벌렁 누워 태연하게 콧노래를 불렀습니다. 혼이 나간 나는 그를 멍하게 바라보았습니다. 친구가 나를 툭툭 치며 말했습니다. 얘, 어디 아프니? 그는 얘가 체했나 보다, 얼른 집에 데려다주라고 친구에게 일렀습니다.

나는 넋이 나간 상태로 학교에만 간신히 오갔습니다. 초등학교 내내 그랬습니다. 분명 무서운 일이 벌어졌는데 도대체 이것이 무슨 일인지 알지 못했고 엄마에게도 말할 엄두를 못 냈습니다. 세상의 모든 것이 나를 위해 존재한다고 여겼던 나의 세상은 온통 어둠으로 변했습니다.

그런데 나도 한 인간이며 여자임을 깨달았습니다. 나에게도 꿈같은 사랑이 찾아온 것입니다. 대학의 보컬 그룹의 구성원이었던 남학생은 유머가 풍부해서 학교의 행사 때마다 사회를 보았습니다. 그가 입을 뗄 때마다 웃음바다가 되었습니다. 그리 잘생기진 않았지만, 인기를 누리던 그 애 옆에서 평범하기만 했던 나도 주목을 받기 시작했습니다. 내 존재는 학교 안에 조용히 번져갔습니다. 그로 인해 어릴 때 상처 입은 내 여성성이 회복되고 있다는 것이 신기했습니다. 그러나 그에게 온 마음을 활짝 열어놓고 있으면서도 몸은 꽁꽁 닫혀 있었습니다. 그는 힘들어했습니다. 도대체 사랑이 뭐니? 화를 내던 그는 3년 만에 내게서 떠났습니다.

그는 떠났지만 내 사랑의 기준이 되었고 잣대가 되어버렸습니다. 그를 향한 그리움이 결혼 이후까지 이어졌지만,

그와 섹스를 나누지 않은 것에 대해서는 후회하지 않습니다. 이따금 생각합니다. 내가 만약 그와 섹스를 나누었다면 이토록 긴 시간을 그리워했을까?

이제 마지막 사랑 이야기를 하려고 합니다. 내 가슴에 큐피드의 화살을 쏘아버린 나의 주인, 그를 처음 만났을 때 나는 불 속에 뛰어드는 불나방 같았습니다. 그가 딱히 어디가 좋아서가 아니었습니다. 그냥 무작정 끌렸습니다. 이 추상적인 단어가 얼마나 모호한지 알지만 달리 표현할 방법이 없습니다. 그는 때에 맞는 말을 할 줄 알았고, 침묵할 줄 알았고 남의 말에 귀 기울일 줄 알았습니다. 그리고 남을 배려할 줄 알았습니다. 나는 그에게 매료되었습니다.

그는 매일 밤 전화를 걸어왔습니다. 하루의 일과를 낱낱이 보고하는 그는 활력이 넘쳤습니다. 나는 키우던 거북이가 죽은 이야기를 했고, 그는 아끼던 백마를 잃고 힘들었던 때를 이야기하며 나를 위로해 주었습니다. 그는 그렇게 내 심장 한가운데로 와서 내 나라의 주인이 되었습니다.

우리는 만날 수 없는 시간을 아쉬워했고 그리움은 쌓여만 갔습니다. 그가 내게 한번 다녀갔고 그가 항공권을 보내왔습니다. 나는 주저 없이 그의 품으로 날아갔습니다. 나는 수줍었고, 그리고 행복했습니다.

그와 함께 와인을 마시러 가는 도중, 나는 그의 통화가 심상치 않음을 느꼈습니다. '금방 갈게'라고 그는 상대에게 말했습니다. 그제야 그에게 갓난아기와 아내가 있다는 사실을 인지했고 그가 나보다 아주 많이 어리다는 사실을 깨달았습니다. 그전에는 왜 아무것도 염두에 두지 않았는지 그것이 이상합니다. 쿵쿵쿵, 말발굽 소리가 들려오면서 불안이 엄습했습니다. 어서 가라고 그의 등을 떠밀어낸 나는 밤새 잠을 이루지 못했습니다. 그를 잃을지도 모른다는 두려움은 공포였습니다.

나는 결심했습니다. 그와 헤어져야겠다고. 그를 놓아주어야겠다고. 두려움에서 벗어나야겠다고.

마지막으로 그를 만났습니다. 양주병이 바닥을 드러냈을 때, 나는 그에게 말했습니다. 우리 그만 접기로 하지요. 그는 당혹스러워하며 도전적으로 물었습니다. 지금 뭐 하자는 겁니까? 나는 남편이 있다고, 내 나이가 몇인 줄 아느냐고 말했습니다. 나에게 무관심한 남편은 다른 나라에서 자기 일에만 몰두한다고, 한 번도 남편에게 애정을 느낀 적이 없다고 차마 그 말은 할 수 없었습니다. 남편과는 한 번도 느껴보지 못했던 그 모든 감정을, 당신이 느끼게 해줘서 고마웠다는 그 말도 아꼈습니다. 나는 유부녀이고 당신을 속였으니 그만 헤어졌으면 좋겠다고 차분하게 말했습니다. 그는 어떻게 이런 일을 단숨에 결정짓느냐고 묻더군요. 혹시 섭섭한 것이 있으면 말해 달라고, 지금부터 고치겠다고, 서로 배우면서 이끌어 주면 되지 않겠느냐고.

나는 침묵했습니다. 그러나 사실은 울음을 참느라 숨을 들이마시고 가만히 있었습니다. 나는 그가 나를 잡아주기를 바랐습니다. 나는 두려웠거든요. 그가 나보다 많이 젊고 많이 매력적인 것이, 내가 더 많이 사랑한다는 사실이, 그에게 매달릴 내가 두려웠고… 나의 뜨거운 열정이 두려웠습니다. 어쩌면 그와의 사랑을 깨트리지 않기 위해, 내침을 당하지 않기 위해, 내 사랑을 미리 가위질했는지도 모릅니다. 이것이 나의 실체이고, 나의 사랑법입니다.

어제는 그가 사진을 보내왔습니다. 그와 함께 말을 달리며 찍은 사진을 보며 추억의 무게를 어떻게 감당해 낼 것인가 괴로웠습니다. 전화를 걸어온 그는 편안하냐고 묻더군요. 자신은 편안하지 않다고. 전화하고 싶은 것을 참는 것도 편안하지 않고, 보고 싶은 것을 참는 것도 편안하지 않고, 솔직하게 말하고 싶은 것을 참는 것도 편안하지 않다고. 그러니 우리 다시 시작하면 안 되겠느냐고, 다시 한번 기회를 주면 안 되겠느냐고.

유미리 씨. 당신이라면 이런 경우 어찌하겠습니까?

사실 나는 그가 너무 그립습니다. 뜨겁게 타죽는 불나방처럼 그에게로 가서 타죽고 싶을 만큼. 그런데, 그런데 말입니다. 뜻밖에도 기회가 왔습니다. 참담한 병이 몰래 찾아온 겁니다. 불나방이 될 기회가 제게 온 것이지요. 그리움, 두려움, 한꺼번에 태워버릴 기회 말입니다. 어쩌면 벌일지도요.」

읽기가 끝났다. 아무도 말이 없었다. 고요를 뚫고 강사가 입을 열었다.

- 민홍 씨, 이 글을 직접 쓰신 거… 맞나요?

나는 머뭇거렸다. 아니요, 아내의 글입니다. 솔직하게 고백하면 어떤 반응을 보내올까. 나를 사랑하지 않은 아내의 심중을 들킬 수도 있다. 사랑받지 못한 내 자존심에도 금이 갈 것이다. 외도한 아내에게 야유가 쏟아질 수도 있다. 나는 얼떨결에 그렇습니다, 크게 말해버렸다. 어머! 옴머머! 감탄인지 비탄인지 모를 신음이 쏟아져 나왔다.

강사가 말했다.

- 지난번 글과 톤이 많이 달라서요. 하여튼, 놀랍습니다. 여성의 심리를 겪은 것처럼 쓴다는 것은 쉽지 않은데. 좋습니다. 소설은 뭐 여성의 입장뿐 아니라 싸이코나 성직자의 입장에서도 쓸 수 있으니까요. 작가의 능력에 따라 얼마든지 가능하니까요. 그게 소설이니까요.

나는 잘 알아들을 수가 없었다. 금붕어처럼 강사가 입만 벙긋대는 것 같고, 남성과 여성의 합성된 음성이 느릿느릿 우렁대는 것도 같고…. '다음 작품을 기대하겠습니다'라는 강사의 끝말을 들은 것도 같았다. 밀물이 밀려 나가듯 인기척이 모두 빠져나갔다.

강의실 안이 고요해지고 나는 멍하니 자리에 앉아 있었다.

내가 어쩌다 작가 교실에 왔는지 생각해 보았지만, 아무것도 알 수 없었다. 다만, 마네의 그림 아니, 카라 꽃 같은 아내의 얼굴이 봉긋 떠올랐다. 연분홍 카라 꽃이 노란색으로, 자주색으로, 흰색으로 일사불란하게 바뀌고 있었다.

-《문학저널》 발표

국밥집 딸내미

*

홍대 앞 〈알쌈시대〉에는 여전히 사람들이 붐볐다. 〈알쌈시대〉는 오징어와 삼겹살을 볶아 날치알을 얹어 깻잎에 쌈을 싸 먹는 곳으로 유명한 음식점이다. 빈자리가 나기 무섭게 잽싸게 자리를 차지하고 앉는 무리는 대학생 혹은 젊은 직장인이다. 창가 쪽 자리를 차지하고 앉은 방지는 출입구 쪽을 주시했다. 사람들이 들고나는 음식점에서 십 분을 기다린다는 것은 한 시간, 아니, 하루처럼 지루했다. 각 테이블에서 주문을 하느라 너도나도 연신 소리쳤다. 여기요! 맥주 두 병요! 알쌈 삼 인분! 오삼, 일 인분 추가요! 사리 추가 되죠?

머리에 하얀 캡을 쓴, 빨간 앞치마를 두른 알바생들은 물방개처럼 분주히 오고갔다. 방지의 옆자리가 비자마자 남자 둘이 잽싸게 앉으며 주문을 했다.

- 알쌈 2인, 맥주 두 병! 당면 사리도요!

6년 전 방지가 승우와 연애를 시작하면서 알쌈 단골이 된 것은 학교와 가깝기도 하고, 순한 가격 때문이었다. 톡톡톡!! 날치알 씹히는 맛이 알싸했고, 깻잎에서 풍기는 향도 독특했다.

방지는 조양자 여사에게 전화를 걸었다. 오늘은 〈엄마네 국밥집〉이 쉬는 날이다. 그 틈에 조 여사가 정기검진을 받으러 간다고 했었다. 방지가 검사 결과를 물었고, 조 여사가 별일 아니랴, 하고 대답했다.

출입구 쪽에서 대기자들이 방지 쪽을 기웃거렸다. 승우에게선 메시지도 부재중 전화도 없었다. 다섯 시 약속 시간에서 십 분이 지나고 있었다. 승우에게 전화를 걸었다. 이 전화를 안 받으면 나가 버릴 테야, 하고 생각했지만, 그럴 수는 없었다. 승우에게 여자 친구가 생길 때까지 참아야 했다. 보츠와나 여행을 떠나야 하니까.

보츠와나에 꽂힌 것은 모코로(전통배)를 타고 거대한 습지를 다니며 하늘을 보고 싶어서였다. 방지는 아카방고 델타… 중얼거리며 핸드폰을 꺼냈다. 승우는 전화를 받지 않았다. 방지는 쏟아지는 눈총을 견디며 속으로 엉뚱한 생각을 했다. 이 집은 이렇게 손님이 들끓는데 〈엄마네 국밥집〉에는 왜 손님이 드문드문 찾아오는 걸까.

〈엄마네 국밥집〉은 어쩌다 운 좋은 날에는 일곱 개의 의자가 가득 찰 때도 있지만 그런 날은 한 달에 한두 번뿐이다. 똑같은 구조, 색 바랜 벽지, 찌그러진 양은 주전자, 국물로 얼룩진 앞치마 등이 일상처럼 늘어서 있었다. 방지는 그 너절한 일상에서 벗어나 모든 걸 바꾸고 싶었다. 엄마야 어쩔 수 없다지만, 국밥집도, 애인도, 심지어 자신까지 싹 바꾸고 싶었다. 방송 보조 작가 생활 2년 동안 쌓인 스트레스 때문이었을까. 간호사 생활도 보조 작가 생활도, 지금의 생활도 못 견디게 지루했다.

간호사는 왜 그만둔 겨? 엄마가 물었을 때 방지는 차마 종합병원 의사들의 은근한 성추행 이야긴 꺼내지 못했다. 하지만 주사 놓는 일이 꼭 나쁘지만은 않았다. 지위, 권력, 학력, 부. 그 어떤 것들도 엉덩이 앞에서는 평등하다는 그 사실이 좋았다. 할아버지, 할머니, 아주머니, 아저씨, 총각, 사장, 도둑, 사기꾼, 대학생, 갓난아기, 파렴치…. 그들이 누구든 중요하지 않았다. 한때는 끔찍한 생각도 했다. 각양각색의 표정을 지닌 엉덩이 사진을 찍어 책을 내볼까? 혹시 베스트셀러가 될지 누가 알겠어?

〈세상에 변화를 던지고 싶은, 미모의 간호사 출신의 엉덩이 사진전!〉

이 얼마나 짜릿하고 귀여운 애교인가. 하지만 나이팅게일

선서까지 마친, 명색이 대한민국 간호사로서 그럴 수는 없었다. (지금은 후회막급이지만)

어쨌든 방지는 지루한 일상을 강물에 퐁, 던져 버리고, 새롭게 시작하고 싶었다.

보조 작가는 왜 관뒀는디? 엄마의 물음에 방지는 치근대는 피디가 있어서. 라고 말해버렸다. 한번 만나보지, 왜? 엄마가 살짝 희망에 부푼 목소리로 속삭였다. 엄마는 참! 승우는 어쩌고? 방지가 눈을 흘겼다. 그제야 생각났다는 듯이 엄마는 아! 승우가 있었지. 그리곤 더 이상 토를 달지 않았다. 그 인연 참 질기기도 하다. 한마디 했을 뿐이다.

드라마 보조 작가로 있을 때, BTS 지민이 닮은 연예인과 눈이 마주쳤을 때의 그 기억은 아직도 생생했다. 심장이 진공청소기 속으로 후루룩, 빨려드는 느낌. 그 자체로 그냥 좋았다. 승우 외에 처음 느껴보는 감정이었다. 지민이 닮은 연예인이 슥, 스치면서 속삭였다. 얀마! 너 왜케 귀엽니?

눈을 찡긋하며 바람처럼 돌아나가는 그를 방송국에서 마주칠 때마다 방지는 심장이 방방방, 뛰었다. 그가 지나가는 비처럼 농담을 던질 때면, 심장이 뒤집히는 것처럼 설레고 아팠다. 그래도 좋았다. 방지를 빤히 보는 그의 눈빛은 투명하면서도 장난기가 가득했다. 방지는 아찔한 감정을 움켜쥐곤 잠깐씩 승우를 잊곤 했다. 그리고…. 그리고?

그리곤 뭐… 그뿐이었다. A4 용지에 살짝 베인 손끝의 아픔처럼. 바람결에 스쳐 지나간 강렬한 향기처럼.

그게 다였다.

잠깐의 설렘, 그 몽환 속에서 헤어나게 한 사람도, 감정의 혼돈을 잠재워준 사람도 승우였다. 바보야, 크느라고 아픈 거야. 그렇게 다독이며 승우는 변함없이 방지 옆에 있어주었다.

메인 작가의 잔소리질, 쓴소리질, 닦달질을 견디지 못한 방지가 거침없이 말대꾸를 했던 것도 어쩌면 승우라는 백을 믿어서가 아니었을까. 눈을 똑바로 치켜뜬 방지가 고소할 거야, 소리쳤다. 고소? 이 원고 몽땅 망친 걸 돈으로 환산하면 얼만 줄 아니? 이거 물어줄 능력 있으면 해 봐! 메인 작가가 눈을 부릅떴다. 분하고 억울한 방지가 얼결에 사표를 던졌던 것도, 방자한 의사들로부터 자존감을 지키고 싶다는 이유로 덜컥, 사표를 썼던 것도 승우와 삼천만 원의 든든한 백 때문이었을 것이다. 방지에게 그것이 돛이자 등대였다.

방지는 스물여덟치곤 자신이 부자라고 생각했다. 운이 좋아 가격이 오르면 두 배, 아니 세 배, 어쩌면 열 배로 뛸 수도 있다는 담당자의 속삭임에 계약서에 사인을 했을 때, 방지는 하늘 높이 날아다니는 바람 풍선 같았다. 방지가 승우와 공동명의 계약서에 확인 도장을 찍었던 것도 영원히 헤어지지 말자는 의미도 포함되어 있었다. '먼저 헤어지기를 원한 사람은 삼천만 원을 포기한다'라는 장난스러운 각서를 썼던 것은 6년 전 일이다.

- 기다리는 분이 있으세요?

알바생이 세 명의 손님을 옆구리에 달고 방지 앞에 서 있었다. 사월의 연둣빛을 머금은 대학 새내기 티가 물씬 나는 여대생을 보며 방지는 어지럼증을 느꼈다. 나에게도 저런 푸릇한 시절이 있었을까. 대학 2학년 때 교통사고로 아빠를 잃은 방지는 학교도 휴학하고 〈엄마네 국밥집〉 일을 도왔었다.

방지는 알바생에게 말했다.

- 조금만 더 기다릴게요.

그들은 특혜를 베푸는 표정으로 물러갔지만, 방지는 찌그러진 느낌이 드는 건 어쩔 수 없었다. 연애 초기에는 늘 먼저 와서 기다려주던 승우였는데, 이젠 기다리는 것도 전화하는 것도 방지 몫이다. 지치고 지루한 일상의 연속이다. 그래, 얼마든지 기다려줄게. 부끄러움과 수모를 무릅쓰고 견뎌줄게, 제발 애인만 생겨라! 착한 승우야.

승우와 전화가 연결되었을 때, 방지는 화를 꾹 누르고 물었다.

- 언제 와?

- 짠! 많이 기다렸지?

승우가 위기에 빠진 그녀를 구하러 온 흑기사처럼 방지 앞에 우뚝 서 있었다. 방지는 입안에 종이 웃음꽃을 물었다. 속으로는 야! 너, 죽을래? 뜨거운 프라이팬 안에서 메뚜기 뛰듯이 성질이 콩콩콩, 튀었지만, 고분고분한 말투를 승우가 싫어한다고 생각한 방지는 더 고분고분해지기로 마음먹었다. 참자, 참아야 자유를 움켜쥘 수 있나니! 어디로 튈지 모르는 럭비공 같은 방지가 매력 있다고 승우가 가끔 웃곤 했는데 이젠 더는 승우가 좋아하는 방지가 되어서는 안 된다고 방지는 생각했다.

방지는 승우에게 다정하게 물수건을 건네주었다. 승우가 좋아하는 거친 행동으로 승우의 목에 당수라도 날려야 속이 풀리는데, 방지는 행동과 말투를 삼가야 한다고 자꾸 뇌까렸다. 전 같았으면 아호! 이걸 그냥!

- 우와? 저 옵빠야, 짱 멋찌다아! 그치? 맞찌?

왁자한 소란을 뚫고 들려온 목소리는 조금 전에 본 대학 새내기 중 한 명이었다. 다른 때 같으면 듣고만 있을 방지가 아니었다. 야! 너! 이리 안 와? 소리를 질렀거나 다가가서 독하게 한마디 했을 것이다. 그러나 방지는 참았다. 한바탕 난리를 치르면 승우는 그런 방지가 귀엽다고 콧등을 비틀 것이다. 거침없는 야생마 같아서. 생명력 넘쳐서. 싱싱한 물고기 같아서. 탄력 있는 럭비공 같아서. 온갖 수식어를 끌어다 붙이며 귀여워 죽겠다는 표정을 지었었다.

방지는 새삼스럽게 승우를 보았다. 훤히 드러나는 이마와 서늘한 눈매, 살짝 팬 왼쪽 보조개, 웃을 때 콧등 위에 접히는 주름살, 방지는 그런 승우를 많이 좋아했었다. 방지 안의 누군가가 투닥댔다. 그래서 뭐 어쩌라고? 아니, 뭐 그렇다고.

저 옵빠야 짱 멋지다! 감탄사를 내뱉은 여대생이 누굴까, 방지는 눈으로 찾았다. 그 새내기가 승우와 스파크가 튄다면 얼마나 좋을까. 방지는 그들 쪽을 힐끗 보았다. 이 순간 에로스가 금화살을 쏘아주기를 간절히 바라면서.

그러나 새내기들은 승우에게 언제 관심이 있었냐는 듯이 자기들끼리 쫑알댔다. 방지는 한숨을 폭, 쉬었다. 아무리 급해도 그렇지, 알쌈 먹으러 온 새내기에게 내 애인의 여자 친구가 되어주겠느냐고 물을 수는 없었다. 다시 좋아하면 되잖아? 방지 안의 누군가가 쌍심지를 돋았다. 뭐? 방지는 울컥 짜증이 올라와 물을 벌컥벌컥 들이켰다. 참자! 참는 자복이 있다잖니!

어쨌든 방지는 승우가 싫어하는 일을 자꾸 저질러야 한다고 생각했다. 이런 거, 정말 힘들다. 에둘러 가는 것은 방지 스타일이 아니다. 제발 승우야, 헤어지자고 말해줘. 이렇게 솔직하고 담백하게 말해야 방지답다. 하지만, 참자! 내일은 해가 뜬다! 아니, 반드시 떠야 한다! 둥글고 밝은 해가.

방지는 자신을 스스로 달래며 승우를 향해 상냥하게 웃어 보였다.

- 무슨 일 있었어?

- 미팅이 잡혀 있어서 빠져나오는데 쉽지 않았어.

- 야! 또 그 시나리오 재탕이야? 아호오! 지겹다, 지겨워!

이 말이 툭 튀어나오려는데 방지는 아차, 싶어 입을 꾹 다물었다. 〈내 애인에게 애인 만들어주기〉라는 제목을 단 시나리오 이야기는 3년째 변함없이 계속되고 있다. 영화사와 곧 계약할 것 같다느니, 피디가 관심 있는 눈치라느니…. 이런 말도 이제 지겨웠다. 이젠 승우에게 어떻게 애인을 만들어줄지 그것만이 관심사다.

지루한 연애는 참혹하다. 승우가 거짓말을 하거나 불성실한 것은 아니다. 승우에 대한 신뢰는 변함이 없다. 그런데 왜 점점 견디기 힘들까. 이 고민을 토로했을 때, 소영이 성난 고양이처럼 발톱을 드러냈다.

- 야! 너는 뭐가 잘났는데 기집애야. 6년이 아깝지도 않아?

맞장구쳐주기를 바랐던 소영이 적으로 돌아서자 방지는 은근히 부아가 치밀었다.

- 야! 너 연애질 6년이 얼마나 참혹한지 아니? 똑같은 밥,

똑같은 대화, 똑같은 눈빛, 똑같은 섹스.

소영은 짧게 대답했다.

- 몰라!

알 리가 없었다. 정들만 하면 헤어지는 소영의 연애는 길면 석 달, 보름의 짧은 만남도 있었으니까. 아! 얼마나 새롭고 감미로울까. 적당한 이별, 적당한 상처, 적당한 그리움, 그런 걸 경험해야 정신적으로 팍팍 크는 건데. 아픈 만큼 성숙해진다는 노래 가사처럼. 우리도 이쯤에서 딱 헤어져야 하는 건데.

웅얼거리던 방지가 소영에게 물었다.

- 너, 아니? 설렘이나 기다림이 없다는 건 죽은 물 같다는 걸? 그 물에서 물고기가 살 수 있겠니?

- 곧 죽겠지, 뭐.

소영이 심드렁하게 대꾸했다.

- 맞지? 곧 죽겠지? 이그잭트리! 난 살고 싶어. 소영아.

- 누가 죽으래디?

- 물을 갈아줘야 해. 새 물로!

- 옆구리 시린 내 앞에서 유세 부릴래? 악랄한 지지배!

- 그러게, 왜케 악랄하게 시들하고, 악랄하게 무력하고, 악랄하게 숨이 막히냐? 어쨌든 난 변화가 필요해. 내가 하고 싶은 것을 실컷 해보고 싶어. 뿌옇게 먼지 낀 내 유리창

을 깨트리고 멀리 가고 싶어, 소영아.

꿈에 부푼 방지의 눈빛이 해롱거렸다.

- 꿈도 참 통통, 참신하다.

- 소영아. 난 젊은 날, 방황도 해보고 싶고, 아파도 보고 싶고, 좁아터진 둥지를 떠나 원 없이 훨훨, 날아도 보고 싶고, 철조망에 날개가 찢기더라도 미지의 세계로 가보고 싶어. 너, 붕새 알지? 붕새! 하루에 삼천리를 간다는, 그 장자 할부지가 말한 그 붕새.

소영이 입술을 새 주둥이처럼 부풀리더니 내 귀에 바짝 대로 말했다.

- 븅웅신!

- 나뭇잎은 접시 물에도 떠다닌다지만, 큰 배는 물이 필요하대잖아. 아아! 생각만 해도 이렇게 설레는데. 그게 죄니?

- 정신 차려, 븅신아!

방지는 소영이 사라진 문 쪽을 보며 중얼거렸었다. 아! 짧은 만남. 짧은 연애. 소영이 저것은 얼마나 아찔하고 스릴 있었을까.

방지는 날치알을 싸서 입안에 넣었다. 입안에서 톡톡톡, 날치알 깨지는 소리가 들렸다. 알싸한 깻잎 향이 혀끝에 감돌았다. 보츠와나로 떠나는 상상에 방지는 벌써부터 입이

헤실헤실 벌어졌다. 승우와 소주잔을 짠! 부딪치고 캬! 한 잔 쭉, 들이켰다. 6년 전이나 지금이나 끝내주는 맛이다. 알쌈 맛은 여전히 끝내주고, 알쌈 시대에도 끝내주게 사람이 많고, 알바생들은 여전히 끝내주게 분주한데, 내 연애도 여전히 끝내주게 재미있으면 어디가 덧나냐? 속이 탄 방지가 조그맣게 읊조리며 소주 한 잔을 또 들이켰다. 승우가 눈을 동그랗게 치떴다.

- 오호! 매력 있는데? 술도 막 마실 줄 알고!

방지는 아차! 싶어 술잔을 엎고 얼른 둘러댔다.

- 아냐, 술은 무슨! 난 술 못해. 내가 미쳤나 봐.

과장되게 손을 내젓는 방지의 낯은 사과꽃처럼 발그레했다. 그런 방지가 승우의 눈에는 사랑스럽게 보였다. 코뿔소처럼 들이받으면 감당이 안 되었는데.

승우가 씨익, 웃으며 날치알이 얹힌 깻잎에 오삼과 마늘을 싸서 방지에게 주었다. 방지는 손을 저었다.

- 나 마늘이랑 고추랑 싫어해.

- 어? 네가? 내가 아는 유방지는 마늘이랑 고추 킬러이지 않았냐?

- 아, 아냐. 난 마늘 먹으면 죽어. 속 쓰려서.

방지는 겉으론 웃는 척하면서 속으로 빌었다.

승우야, 제발 이러지 마. 아꼈다가 니 애인한테 실컷 해라, 응?

방지는 승우가 싫어하는 일이라면 뭐든 하고 싶었다. 그래야 승우가 싫증을 낼 테니까.

방지는 알쌈이 얹힌 깻잎 두 장을 포개 오삼과 마늘이랑 고추를 잔뜩 넣은 쌈을 승우 입안으로 쏙 밀어 넣었다. 그리곤 속으로 빌었다. 승우야, 제발 하루바삐 애인이나 챙겨와라, 응? 알았지? 우리 착한 승우.

알쌈을 받아먹은 승우가 방방방, 뛰었다.

- 아 매워 매워.

손으로 입에 부채질 시늉을 하는 승우에게 방지가 툭 내뱉었다.

- 야! 넌 내가 지겹지도 않니? 예쁘고 귀여운 다른 여자애 만나면 하늘에 구멍이라도 난대니? 딴 애들은 잘도 그러던데? 양다리에 삼다리도 걸치고.

그러나 그건 속엣말이었다.

눈을 동그랗게 치켜뜬 승우가 방지의 속을 들여다본 듯 빙긋 웃으며 알쌈을 톡톡 소리 나게 씹었다. 그리고 속으로 답했다.

- 너도 대충 귀여워. 이 알쌈처럼 톡톡 튀고. 코뿔소 같은 성질만 확 바꾸면.

승우가 방지를 보고 빙긋 웃었다. 방지는 고개를 절레절레 흔들다가 아차 싶어 다소곳하게 웃었다. 그리고 속으로 부르짖었다. 저런 눈치 없는 네 가지! 저 애랑 늙어 죽을 때까지 평생을 함께한다? 어휴, 싫다 싫어!

- 왜 그래? 어디 아파?

승우가 물었다. 방지가 에엣취! 일부러 재채기를 연거푸 해댔다. 밥알이 승우의 얼굴과 식탁으로 온통 튀어 흩어졌다. 옆 사람들이 눈살을 찌푸렸다.

- 에이, 더러라. 너 다 먹어라, 이것아!

그러면서도 승우는 흩어진 밥알을 주섬주섬 치웠다. 그런 승우를 보는 방지는 검은 바다를 보는 것처럼 답답했다. 아호오! 방지는 입 풍선을 푸르르, 불었다. 방지의 속내를 꿰뚫은 승우도 속으로 웅얼거렸다. 그래, 천천히 변해가라. 귀엽고 사랑스럽게.

*

카페 베르베르에도 여전히 시끄럽고 붐볐다. 6년 전이나 지금이나 변함이 없다. 양양으로 떠날 촬영 팀과 홍대입구역 근처에서 만나기로 한 승우가 방지에게 2시까지 나오라고 한 것은 헌팅에 데려가고 싶어서였다. 이제 조양자 여사,

그러니까 미래의 장모님을 떠나보내고 나면 싫어도 방지는 〈엄마네 국밥집〉에 갇히게 될 것이다. 승우가 조양자 여사를 만난 것은 찻집 '밀알'에서였다. 〈알쌈시대〉에서 방지가 승우를 기다리던 그 시간이었다. 승우야, 불러 놓고 한참 동안 말이 없던 조 여사가 아직도 방지를 사랑하니? 하고 물었다. 당연하죠. 자신 있게 대답하는 승우에게 결혼도 할 거니? 재차 물었다. 당근이죠, 근데 왜 갑자기 그런 걸 물으세요? 퉁명스럽게 되묻는 승우에게 조 여사가 안심되는 표정으로 말했다. 사실은 말여. 어렵게 운을 뗀 조 여사의 말에 충격을 받은 승우는 가슴이 덜덜덜 떨렸다. 혹시 방지에게 떼어 놓을 생각이라면 그런 농담 같은 건 하시지 말라고 오히려 승우가 사정했다. 조 여사는 죽음을 놓고 농담하는 사람이 있느냐며 승우의 손을 그러쥐었다. 니가 방지 옆댕이에 있어서 을매나 당인지 몰러.

승우는 아무 말을 할 수가 없었다. 다만 조 여사에게 두 손을 잡힌 채 혼란스러운 감정을 수습해야 했다. 어릴 때 잃은 어머니를 대신했던 조 여사였다. 승우는 눈앞이 캄캄했다. 췌장암. 시한부. 3개월. 이 충격적인 사실을 방지에게 어떻게 알려야 할지,

승우는 출입구 쪽에 나타난 방지를 보며 눈가가 벌겋게 젖었다. 아직 젊은 나이의 조 여사도 안타까웠고, 방지도 가

여웠다. 승우는 한동안 여행 같은 건 꿈도 꾸지 못할 방지에게 바다를 보여주고 싶었다. 밤바다를 보며 조 여사 이야기를 꺼낼 생각이었다. 충격을 줄이기 위한 밑밥을 깔면서. 자기 가슴안에서 펑펑, 울 방지를 달래줄 생각이었다.

승우는 방지의 옷차림을 훑으며 물었다.

- 복장이 그게 뭐냐? 오늘 약속 잊었어?

승우가 불편한 심기를 내비쳤다. 짧은 핫팬츠와 부츠 차림인 방지가 얼버무렸다. 때마침 출입구 쪽에 나타난 소영을 향해 방지는 한 손을 번쩍 들었다.

- 여기야, 소영아!

승우는 떫은 풀 씹은 표정으로 소영에게 비아냥댔다.

- 이런 타이밍에 나타나는 건 좀 아니지 않냐? 옷차림은 또 그게 뭐고?

소영이 들뜬 목소리로 히히, 웃었고, 방지가 탁자 밑의 소영의 발을 툭 찼다.

- 응, 소영이가 근처에 있다고 해서 잠깐 오라고 했어. 맞지, 소영아?

- 무슨! 니가 승우랑 바다에 가라고….

방지가 탁자 밑에서 소영의 다리를 또 툭, 찼다.

- 넌 왜 아까부터 사람을 발로 차고 그러니? 할 말 있음, 말로 하지?

민망해진 방지가 과장되게 하하하 웃었다. 승우는 알고 있었다. 방지가 모든 걸 바꾸고 싶어 한다는 것을. 그런데 방지 요것이 점점 사랑스럽게 변해갔다. 천방지축 코뿔소 같던 애가 스스로 다소곳해지니, 더욱 사랑스러워 보였다. 승우는 방지를 처음 만났을 때의 기억을 잊을 수가 없었다. 산머루처럼 새카만 깊고 큰 눈망울. 오뚝한 코밑의 작고 앙증맞은 입술. 아기였다면 으스러지게 껴안아 주고 싶을 만큼 귀엽고 예뻤다. 승우는 그래 어디 바꿔봐라. 하는 심사로 방지를 지켜보았다. 그러다가 문득 삼천만 원에 생각이 미쳤을 때, 어라? 요것 봐라? 괘씸하고 섭섭했다. 승우는 차라리 방지에게 먼저 애인이 생겨주기를 바랐던 적도 있다. 친구 중에 쓸 만한 녀석을 물색도 해보았다. 덥석 낚싯밥을 무는 놈도 있었다. 한 녀석은 은근슬쩍 떠보기까지 했다.

- 고렇게 귀여운 애랑 왜 헤어지냐?

그러게, 승우는 생각해 보았다. 왜 방지랑 헤어지려는 걸까.

승우는 아무래도 자신만큼 방지를 사랑해 줄 놈이 없다는 생각이 들었다. 또한 방지만큼 매력 있는 애인을 만날 수도 없을 것 같았다. 방지를 사랑하고 있다는 사실을 재차 확인했을 뿐이다.

승우는 방지가 하는 양을 지켜보았다. 방지가 연신 소영에게 눈짓을 보냈다.

- 하하하, 소영아, 밥 먹었니?

소영이 발끈했다.

- 야! 니가 언제부터 내 밥을 챙겼냐? 여긴 커피숍이고, 넌 하하하 괜히 웃어대고, 요즘 너 이상해.

소영이 승우에게 물었다.

- 근데, 승우야, 헌팅은 몇 시에 떠나?

방지가 커피를 엎지르는 시늉으로 황급히 소영의 입을 막았다. 때마침 승우의 핸드폰에서 이정현의 바꿔! 바꿔! 컬러링이 현란하게 쏟아져 나왔다. 방지가 저장해준 컬러링이었다. 승우가 자리에서 튕기듯 일어났다.

- 새 여친이야. 나 헌팅 간다.

승우가 출입구 쪽으로 향하며 핸드폰을 머리 위로 살살살 흔들었다.

나, 나는? 하는 표정으로 소영이 방지를 보았다. 방지가 고개를 설레설레 흔들었다.

승우는 베르베르를 나오면서 읊조렸다.

- 이거 왜 이러셔? 뛰는 놈 위에 나는 놈 있다 이거야!

승우는 통화 버튼을 누르며 대꾸했다.

- 예, 어머니. 걱정 마십시오, 제가 다 알아서 할게요.

그리곤 속으로 웅얼거렸다. 방지는 매일매일 변하고 있습니다.

방지는 새 여친이야, 하며 통화를 하기 위해 밖으로 나가는 승우의 뒷모습에 대고 좋아죽는 시늉으로 두 주먹을 쥐고 앙증맞게 흔들었다.

- 승우야, 고마워. 인형처럼 안 예뻐도 괜찮아. 섹시하지 않아도 좋아. 제발 연애에만 빠져라. 그래서 헤어져 달라고 말해줘.

- 언능 버려. 내가 날름 주울게. 배가 불러도 유분수지.

소영이 방지의 머리를 콩, 쥐어박으며 나가 버렸다.

방지가 소영이 사라진 문 쪽을 바라보며 웅얼거렸다.

- 에이, 이 지지배가 눈치가 없어서. 승우 짝으론 딱인데.

방지는 터덜터덜 집으로 돌아오며 승우랑 알쌈을 먹으며 했던 지난겨울의 농담을 떠올렸다.

- 〈엄마네 국밥집〉 인수해서 메뉴를 알쌈으로 바꿔 볼까?

승우가 넙죽 받았다.

- 내가 주방장 하고?

- 오오! 주방장 조오치! 그럼 나는?

- 당근 싸장님이지. 방지싸장.

- 뭐? 바지사장?

방지는 승우와 깔깔 웃으며 이것저것 아이디어를 냈다.

- 이런 카피 어때? 〈선남선녀가 운영하는 알쌈시대〉 인터

넷에 올려서 반응 한번 볼까?

- 근데 위치상 좀 그렇지 않니, 알쌈은?

- 그렇겠지? 외져서?

- 근데 뭐, 맛 좋고 가격이 착하면 찾아오지 않겠어?

승우는 방지와 머리를 맞대고 국밥이나 알쌈보다 나은 메뉴는 없을까, 꽤 심각하게 고민한 적도 있다. 어젯밤 엄마가 삼천만 원만 내고, 〈엄마네 국밥집〉을 인수하라고 성화를 댔을 때, 방지는 퉁명스럽게 쏘아댔었다.

- 엄마, 딸이 고작 국밥집이나 하믄 좋아?

- 그기 뭐 어때서? 국밥집 딸이 국밥집 물려받는 게 뭔 숭이랴?

- 아 쪼옴 엄마! 꾸질한 국밥집으로 무슨 돈을 벌어?

- 새롭게 싹 바꾸면 누가 알것어? 부자 될지?

- 바꿔? 어떻게? 뭘?

- 느덜 맘대루 상큼하게 바꿔봐!

- 돈이 있어야 바꾸지. 뭘 해도 돈이 들잖아? 근데, 엄만 뭐 하시게?

- 내가 꿍친 돈이 쪼금 있지.

- 그럼, 엄마가 바꿔!

- 이 지지배가 기냥! 난 이젠 딸내미도 여쁘게 컸고. 노상 이렇게 사는 것도 폭폭혀서 여행이나 댕길라구.

방지는 엄마 입에서 여행이라는 단어가 나오자 그렇게 생경할 수가 없었다.

- 여행? 무슨 여행? 어디루?(혹시 내가 꼭꼭 숨겨둔 보츠와나는 아니겠지?)

방지는 엄마든 승우든 소영이든 누구하고도 함께 여행을 가고 싶지 않았다. 혼자! 혼자 가고 싶었다. 새로운 경험을 해보고 낯선 것에 부딪히고…. 깨지고 으깨지고 다시 일어서면서 단단해지고 싶었다. 소영이 븅신이라고 비웃었지만, 방지는 날개가 부러지더라도 붕새 흉내라도 내보고 싶었다. 방지는 하루 세 시간씩 영어와 중국어 공부를 했고, 보츠하나뿐 아니라 틈만 나면 아프리카의 탐사 지리를 검색했다.

- 왜 그케 놀래? 엄마는 뭐, 여행 같은 거 가믄 시상이 뒤집힌다?

- 갑자기 이상하니까 그렇지. 울 엄마 같지 않아서.

- 엄마 같은 기, 뭐? 평생 국밥이나 말믄서 손님들 치다꺼리랑 딸내미 시다바리 하는 거? 에라, 이순! 고운 지지배야!

방지는 제발 엄마가 지금처럼 이렇게 꿋꿋하게 엄마 자리를 지켜주길 바랐다. 기름때가 묻은 꾸질한 자줏빛 앞치마, 보풀이 일어난 후줄근한 보라색 티셔츠, 뽀글머리를 질끈 묶어 아무렇게나 틀어 올린 촌티 나는 헤어스타일, 가끔 집에 찾아오는 친구들이나 아는 사람들에게 엄마라고 소개하기조차 민망할 때도 있었지만 남이 안 볼 때면 방지에게는 최고의 엄마였다. 변화 좀 가지라고 제발! 아무리 잔소리를 해도 흘려듣던 엄마였다. 그런 엄마가 갑자기 변화를 시도하고 있다! 하필 내가 변화를 꾀하는 이 시기에 선수를 치려고 한다! 그런데 그토록 바랐던 엄마의 변화가 왜 이렇게 불안할까. 국밥집에 매이는 순간 영영 갇힌다는 두려움 때문일까.

엄마가 더 큰 소리로 속내를 털어놓았다.

- 이것아! 나두 숨통 좀 트고 살자. (내 말이!)

- 갱년기 우울증이 왔는지 사는 기, 도통 재미없고 국밥집 일도 싫여. 하루하루가 뭐섭구. (내 말이 그 말이야!)

- 여태껏 이러구 산 게 억울혀서 콧구녕에 바람을 넣으야 쓰것다. (나도 그렇다니까!)

엄마의 풀죽은 목소리에 방지가 약간 시무룩해져서 물었다.

- 여행은 어디로 가려고?

- 스쿠터 타고 제주 섬마다 돌아댕길라구. 운 좋아 멋찐 눔 만나면 찐한 연애도 좀 하고.

- 그 나이에 무슨 연앨 해? 여태도 못 한 연앨?

- 요른! 국밥집 부자 맹글 딸내미야! 니 눈엔 내가 엄마루만 뵈지? 여자루는 안 뵈지?

- 엄만, 지금 나이가 몇 갠데?

- 나이가 뭔 상관여? 쉰이면 아직 청춘이구만. 다 널 위해서여, 이것아. 어미가 죽고 없거나 정신이 상해 입원해 봐라, 니 신상이 좋것어?

- 아이씨, 왜 갑자기 그런 말을 해? 재수 없게!

방지는 괜히 울컥했다. 엄마가 여행을 간다거나 연애를 한다거나 그런 생각은 한 번도 해본 적이 없었다. 우리 엄마는 그냥 항상 변함없이 국밥집 엄마로 살 것이라고만 생각했다. 지구 어딘가를 돌다 돌아오면 그 축으로 기다리고 반겨주고, 또 떠나면 변함없이 여기 이렇게 서 있어 줄 엄마로만 여겼었다.

방지는 엄마가 어쩐지 예전 같지 않다고 생각했다. 억척스럽고 부지런하고 그러면서도 일과에 충실하던 그런 엄마가 아닌, 무언가에 쫓기는 사람처럼 불안해 보이고 어딘가 허해 보이는 엄마가 어쩐지 몹시 낯설었다. 꽉 찬 배추 꼬갱이 같은 엄마라야 엄마 같다고 생각한 방지는 불안을 털어내듯 빽 소리쳤다.

- 엄만 그냥 내 엄마나 해! 그게 엄마다워.

- 시끄럽꼬! 내 일억 깎아 줄텡께, 딱 삼천만 내! 국밥집을 콩국 말아먹든, 비벼 먹든 승우랑 니덜 맘대루 햐!

- 승우는 왜 끼워?

- 그럼? 헤어질 껴?

- 응, 근데 당장 삼천만 원이 어디 있어?

- 뭐? 헤어져? 애가 무슨 개미 기침하는 소릴 한댜?

- 하여간! 삼천은 없어, 엄마.

- 삼천이 왜 없어? 승우랑 너랑 펀드 깨서 날 주면 일억은 꽁짠디. 너는 퍽 똑똑한 줄 알았는디 헛똑똑이여. 승우는 셈이 빨라 금방 오키 하드만!

- 뭐? 뭐라고? 승우가? 그, 그건 안 돼!

- 왜 안 되는디?

글쎄, 왜 안 될까? 승우는 여자 친구도 구했고 헤어지자고 곧 말할 텐데, 절호의 기회인데. 엄마가 삼천만 원을 〈엄마네 국밥집〉이랑 바꾸자고 한다. 이건 영원히 떠날 수 없는 정박을 뜻한다. 난 보츠와나도 가야 하고 봉새가 되기 위한 공부도 해야 하고, 세상 구경도 해야 하고….

〈엄마네 국밥집〉 간판 불은 꺼져 있었다. 평소 방지가 좋아하는 고구마 맛탕을 준비해 놓고 엄마가 방지를 기다리고 있었다.

- 엄마가 웬일이래? 한 푼이 어디냐고 짠순이처럼 굴 때는 언제고?

- 나도 좀 바꿀라고.

방지는 또 조바심이 났다. 엄마가 선수 치기 전에 보츠와

나로 떠나야 할 텐데. 승우도 곧 새 애인을 구해 올 텐데.

엄마가 포크를 쥐여주며 말했다.

- 승우가 있어서 참말루 안심여.

방지는 애꿎게 맛탕을 포크로 쿡, 찍어 눌렀다.

- 엄만 평생 여행만 할 거야? 나한테 국밥집 뭐, 이딴 거 몽땅 맡겨 놓고 평생 안 돌아올 거야?

- 그려, 평생 여행만 하고 안 돌아올 거여, 왜, 떫어?

- 그래, 영영 돌아오지 마. 국밥집을 말아먹든 볶아먹든 신경 딱 끄셔. 내 팔자가 그렇지 뭐. 손가락 움직일 때부터 국밥집 심부름으로 손마디가 굵었는데. 평생 국밥이나 말다가 늙어 죽지, 뭐.

- 애, 말이 씨가 되능겨. 국밥집 일궈서 부자 맹글 거라고 좋은 쪽으로 생각햐.

- 아후후, 생각만 해도 싫다, 싫어!

- 내 말이! 그려서 이번 참에 확 변해서 정든 국밥집을 벗어나 볼라구. 글구 찐한 연애 한번 해볼라구.

- 연애 타령은 무쟈게 하셔! 엄마가 청춘인 줄 아나 봐?

- 내 나이가 워뗘서~ 사아랑하아기 따아악 조흔 나인디~.

땅글땅글한 엉덩이를 과장되게 흔들며 주방으로 가는 엄마에게 방지는 팩, 소리쳤다.

- 엄마, 쪼옴! (창피해)

- 까짓거, 인생 뭐 있냐. 덧없이 왔다가 가는~ 인생은 바람 같은 거어엇~

흥얼흥얼 읊조리는 그 목소리가 어쩐지 애조띠고 구슬퍼서 방지는 울컥했다.

- 엄마! 왜 그래? 무섭게! (갑자기 변하면 죽는다는데)

*

승우가 〈엄마네 국밥집〉으로 들어서며 호기롭게 외쳤다. 어찌 보면 화난 것 같기도 했고 울음에 차 있는 것 같기도 했다. 방지가 물었다.

- 야, 오승우, 너 취했어?

- 야! 유방지. 나 애인 구했다. 우린 곧 여행 갈 거야. 됐냐?

방지가 야호홋! 두 팔을 높이 쳐들고 뱅뱅 돌다가 좋아서 죽는시늉으로 승우에게 키스 세례를 퍼부었다.

- 아유, 이뻐! 넌 역시 내 애인 자격이 있어! 고마워, 승우야! 부디 잘 살아라. 응?

승우가 조 여사에게 말했다.

- 어머니, 내일 떠납니다. 준비되셨죠? 이제부터 마음 내

키는 대로 스쿠터도 타시고 애인도 만나시고. 아! 여기 애인 있잖습니까. 젊고 잘생긴 애인.

- 짱이지! 젊은 우리 애인.

승우는 조 여사와 눈이 마주친 순간 울컥하는 마음을 들키지 않으려고 손에 든 것을 얼른 조 여사에게 건넸다. 삼천만 원이 예금된 통장과 신용카드였다. 그것이 해지한 펀드라고 생각한 방지는, 눈이 헤드라이트처럼 커지면서 무언가 와르르 무너지는 것 같았다. 그러나 그것은 방지의 착각이었다. 승우가 공들여 쓴 시나리오 〈내 애인에게 애인 만들어주기〉 계약금이었다. 그것을 알 리 없는 방지는 그토록 꿈꾸던 자유를 빼앗겼다고, 내 인생도 끝났다고 생각했다.

- 야! 오승우! 니가 뭔데 의논도 없이! 말이 되냐?

승우는 코뿔소처럼 달려드는 방지를 꽉 껴안았다. 가슴안으로 흐느낌이 밀물처럼 밀려들었다. 그 순간, 방지는 섬뜩한 무엇인가를 느꼈다. 승우가 가슴속 깊은 곳에 울음을 가두고 있다는 걸 알아차렸다. 승우가 방지를 끌어안은 채 속삭였다.

- 어머니 여행 실컷 시켜 드리자. 멋진 연애도 도와드리고. 삼 개월은 너무 짧아. 응?

- 무, 무슨 소리야?

방지는 소리를 지르며 버둥댔고, 승우는 더 깊이 방지를 껴안았다. 방지와 마주친 엄마의 눈이 쓸쓸하게 웃고 있었다. 허한 표정이었지만, 하여튼 웃고 있었다. 삼 개월? 삼 개월이 뭐지? 잠시 암전 상태… 방지의 눈앞에 〈엄마네 국밥집〉 안을 분주하게 오가는 엄마의 모습이 저장된 수십만 장의 필름처럼 스쳤다. 방지는 엄마가 한 그릇 따뜻한 국밥이었음을 퍼뜩 깨달았다. 덧없이 와았다가 가~는 인생은 바람 같은~거엇~. 낯익은 노랫소리가 희미해지면서, 방지는 정신을 잃었다.

두 달 후, 조양자 여사는 떠났다. 돌아올 수 없는 곳으로.

여행 중에 조 여사가 방지에게 말했다. 내 일생은 그리 불행하지만은 않았다고, 세상에 태어나 '처음'으로 비행기도 타보았고, '처음' 간 제주에서 '처음'으로 스쿠터도 탔고, 구름과 하늘을 '처음'으로 실컷 볼 수 있었다고. 그 '처음'이 참말 좋았다고. 너희들이랑도 '처음'으로 함께 있을 수 있어서 행복했다고.

〈엄마네 국밥집〉 간판은 〈방지네 국밥집〉으로 환하게 바뀌었다. 리모델링된 내부 공간도 아늑했다. 승우의 시나리오는 영화화 작업이 시작되었고 매스컴이 술렁거렸다. 하지만 붕새를 향한 방지의 갈망은 날이 갈수록 뜨겁게 타올랐다. '나한티 처음은 최고의 선물여.' 엄마가 유언처럼 남긴 '처음'이라는 낱말이 오래도록 방지의 뇌를 갉아댔다. 그렇다면 나의 '처음'은 무엇일까. 곰곰 생각하던 방지는 충격을 받았다. 자신에게 처음이라는 것은 별로 없었고, 낡고 익숙한 것들뿐이었다.

방지는 소영에게 말했다.

- 엄마가 내 방황을 잠시 멈추게 했었나 봐. 풍선껌처럼 가볍고 위험한 방황을. 덕분에 난 아주 진중해졌어.

- 또 시작이다.

- 엄마가 나에게 가르쳐준 교훈은 엄마처럼 살고 싶진 않단 거야. 난 국밥집 딸내미를 거부해.

- 그래서, 어쩔 건데? 집 떠나면 고생이고, 나라를 떠나면 고아라잖아.

- 난 고아야. 하지만 난 새로운 나로 다시 태어날 거야.

- 귀에 딱지가 앉았거든! 이 너저분한 영어 교재랑 아프리카 지리탐사는 다 뭐야, 도대체!

소영이 외국어 교재와 지리 탐사 책을 발로 툭툭 찼고, 달래다 지친 승우도 체념한 듯 이렇게 말했다.

- 아무튼 네 고집은 못 말린다. 힘들면 언제든 돌아와. 기다리고 있을게.

- 고마워, 승우야. 그 말은 이별에 대한 암묵적 동의로 받

아들일게. 그리고 기다리지 마. 난 돌아오지 않아.

〈방지네 국밥집〉은 〈내 애인에게 애인 만들어주기〉 카페로 바뀌었다. 산뜻한 아크릴 간판 안에서 영화 주인공의 생기발랄한 얼굴이 청춘의 표상처럼 환하게 웃고 있었다. 방지의 아이디어로 디자인하고 제작된 간판은 승우를 위한 방지의 선물이었다.

방지는 공항까지 배웅 나온 승우와 소영이를 양팔로 꼭 껴안았다. 그리곤 승우와 마지막 이별 키스를 나누면서 이렇게 속삭였다.

- 승우야, 내 결정을 존중해줘서 고마워. 부디 잘 살아야 해.

방지는 깨지고 엎어지고 뒤집히고 후회해도 괜찮다고 중얼거리며 게이트 안으로 들어갔다.

-《한국문학인》 발표

민증까기

남편이 돌아와 저녁밥을 챙기고 있을 때, 전화벨이 울렸다. 여보세요. 내 목소리가 끝나자마자 느닷없이 거친 말투가 튀어나왔다.

야! 너 석순이지? 박석순이 맞지?

내가 대답할 새도 없이 상대가 대뜸 자신을 밝혔다.

나, 복희야, 조복희.

내가 놀라는 시늉을 하자 그녀는 잔뜩 틀어쥐었던 멱살을 슬그머니 놓아버리듯 늙은 여자처럼 한숨을 쉬었다.

얀년아, 내가 얼메나 찾았는 중 알어? 넌 내 생각 같은 건 한나두 안 했지? 까맣게 잊어버렸지? 나쁜 년!

나는 헉, 숨을 토해냈다. 반갑다기보다는 당혹스러웠다. 어떻게 알고 전화를 했을까.

그녀는 한꺼번에 많은 말을 쏟아냈다.

너, 불모산 다리 생각나? 홍수에 떠내려갈 뻔한 그 다리.

내가 너를 업고 건너다 물에 빠졌잖여. 그 뒤로 넌 그 다리 근처만 가도 벌벌 떨었잖여.

나는 길게 전화를 붙들고 있을 수가 없었다. 가스레인지 위에서는 된장찌개가 쫄고 있었고, 까탈스러운 남편은 식탁 앞에 앉아 늦은 저녁을 기다리는 참이었다. 내가 저녁 먹고 전화한다고 하자 그녀가 말했다.

으이구, 쨰만한 게 어느새 커갖군 남편쟁이두 챙기구. 그려, 이년아. 어여 챙기구 즌화햐.

자정 무렵, 전화를 먼저 걸어온 쪽은 그녀였다. 이것저것 미루었던 잡다한 일과 아이 둘을 챙기다 보니 그녀를 깜박 잊었었다. 늦은 시간임에도 아랑곳없이 그녀는 살아온 궤적을 쉴 새 없이 풀어놓았다. 청주에 살고 있는 그녀는 딸 셋에 아들 하나, 아이가 넷이라고 했다. 남편은 타일공이고, 사는 것은 그런대로 기반이 잡혀 있지만 친정 때문에 늘 걱정이라고 했다. 친정엄마가 아직도 정신병원에 있는 오빠 뒷바라지를 하느라 뼈마디가 녹는다고 제 엄마 말투를 흉내 냈다.

근디, 이년아. 얼마나 보고 싶었는 중 알어? 나쁜 년. 니네 집이 이사 가고 나서 우리도 청주로 이사 나왔거덩. 니네 친척 집마다 찾아댕기며 물으니께 큰오빠 전화번호를 가르쳐 주데. 근디 그 번호가 순 엉터리더라. 나도 사느라고 바쁘다

봉께 어찌어찌 세월을 흘려보냈는디…. 짱년! 그래, 넌 내가 한나두 안 보고 싶었다 이거지? 나쁜넌!

그녀의 욕지거리는 지금이나 예전이나 변함이 없었다. 입만 열면 험한 욕을 쏟아내서 어른들한테 야단맞기 일쑤였다. 그러면 그녀는 내 쥬딩 갖고 내 맘대루두 못한댜? 대거리를 치곤 했다. 광대뼈가 툭 튀어나온 그녀의 눈은 면도날로 살짝 찢어놓은 듯이 작았다. 작은 눈에 비해 몸피가 우람하고 걸팡진 목소리가 똑 남자 같이 우렁우렁했었다.

너 성공했단 소식은 들었어. 작가쟁이도 되구, 의사 신랑 만나 호강요강 한다는 말도 들었어. 그려두 그렇지 이 싹수없는 것아. 고향 친구 좋다는 게 뭐여? 많이 배운 거, 똑똑한 거, 그딴 건 딴디 가서나 써먹어. 우린 그냥 부랄친구니께. 안 그려?

그녀와의 통화는 꽤 길게 이어졌다. 졸음을 견디며 간신히 수화기를 들고 있는 내게 그녀가 대뜸 물었다.

여이! 딴 애덜 소식은 모르능겨?

나는 자영이와 정숙이 그리고 애자의 전화번호를 알려주었다.

내가 모임을 한번 주선해 볼팅께 한번 뭉치자. 응? 이제 우리 나이두 마흔이여. 앞으로 몇 번이나 만나것어? 깨복쟁이 친구덜 보는 재미로라도 살아야 할 것 아녀, 그지?

그녀 말마따나 나도 고향 친구들이 궁금했고 가끔 그립기도 했다. 어디서 무엇을 하며 살고 있을까. 어떻게 변했을까.

그녀의 '만남 주선'은 그리 쉽지만은 않은 모양이었다. 대전, 서울, 경주, 강원도 모두 뿔뿔이 흩어져 살고 있는 거리상의 문제도 있지만, 40대는 누구나 제 앞가림하느라 바쁜 때였다. 아직 모든 일을 제쳐두고 고향 친구들을 만날 만큼 여유가 없기는 나도 마찬가지였다. 조복희는 자주 전화를 걸어왔고, 그녀는 전국에서 모이기 좋은 장소인 중간, 그러니까 조치원이나 천안 어디로 정할 테니 날짜가 정해지면 무조건 와야 한다고 협박 비슷하게 마무리를 지었다.

자정 무렵에 또 전화를 걸어온 그녀는 엉뚱한 이야기로 서두를 열었다.

우리 봉팔씨, 오늘 아침 삐쳐갖구 나갔따아.

왜?

그 인간, 걸핏하면 잘 삐쳐.

그녀는 남편과 아침에 있었던 이야기를 쉬지도 않고 줄줄 풀어 놓았다. 작업 현장에 가서 며칠 지내다 오라고 옷 보따리를 챙겨 주었더니 뚱하니 토라져 나가더라고 했다. 어째 다른 마누라쟁이덜은 남편쟁이가 집 나갈깨비 쥬딩이가 반은 돌아간다는 디, 당신은 이 육봉팔이를 못 쫓아내서 안달인 겨? 하더라는 것이었다.

나두 이젠 나이가 든 모냥여. 남편쟁이가 점점 구찮어 죽것어. 근디, 남자덜은 나이 들면 집으로만 자꾸 기어들라구 한다매? 너는 작가쟁이니께 잘 알 꺼, 아녀? 맞어?

그때 전화 속에서 삐삐삑, 비밀번호 풀리는 소리가 나더니 현관문 닫히는 소리가 쾅, 들려왔다. 워매! 워매! 놀란 그녀의 수화기 너머로 거나하게 취한 남자의 목소리가 들려왔다.

어이, 내 마누라, 조복희 여사! 하날 같은 지아비 오셨다. 크허허.

그녀가 나에게 말했다. 속삭이는 목소리가 아닌 나와 통화하던 그 톤 그대로였다.

우리 하날 같은 봉팔씨 왔다. 크흐흫.

그녀는 쫓아가서 남편을 맞는 기척이었다. 귀찮다고 할 때와는 딴판이었다.

어구구- 우리 서방님 오셨엉. 어구구- 석순아! 이 인간 내 엉덩이, 젖통이, 쓰다듬고 난리 났다. 어구구 그려그려 그려….

나는 슬그머니 수화기를 내려놓았다. 걸퍽진 그녀의 성격에 걸맞은 신랑을 만나 등나무 넝쿨처럼 얽혀 사는 것 같아 내심 안심이 되었다. 어릴 때 누구도 그녀가 시집가서 잘 살

것이라고 믿지 않았다. 마을 사람들은 입을 모아 흉보기가 예사였다.

어떤 놈이 데려갈려나, 하참! 그 놈두 속깨나 썩일 껴.

여자다운 데라곤 좁쌀만큼도 없는 그녀가 남편의 비위를 노상 건드릴 것이라는 우려였다. 그러나 그런 염려는 기우였다. 자신의 친정집에 대한 남편의 정성과 노고가 고마워서 가능한 남편의 심기를 건드리지 않는다는 것도 지극히 아내다운 그녀의 처세였다.

이튿날 자정 무렵 또 전화를 걸어온 그녀의 목소리가 고춧가루를 물에 타 마신 듯 팔딱거렸다. 그녀는 대뜸 욕지거리를 뱉어냈다.

야, 이년아, 너 몇 살이니?

나는 얼떨떨 했다. 내가 무슨 실수를 하였는가. 기억을 더듬었다.

왜 그러니?

고작 그 물음뿐이었다.

내가 말여, 친구덜이 하두 보고 싶어서 고 지집애덜 한티 즌화를 하지 않았것냐? 근디, 이것덜이 하나 같이 뭐라는 중 알어? 복희야, 너 몇 살이니? 요지럴잉겨. 그려서 나두 물었지. 얀년아, 너는 몇 살이니?

그녀는 이 나이에 친구 찌리 뭔 나이 타령이냐며 푸들푸

들 떨기까지 했다.

아, 이게 말 따우라구 하는 거여? 뵃십 년 만에 즌화한 고향 친구한티 고따우 밖에 할 말이 읎댜? 나이 처먹은 게 무슨 베슬이랴? 엉? 유세 떨게 따로 있지. 어?

나는 그녀의 말에 쿡 웃었다. 결코 보이고 싶지 않은 내 유년의 삽화가 떠올랐기 때문이다.

얼래? 남은 부애가 나서 죽것는디, 시방 웃능겨?

어릴 때, 친구들은 유난히 나이를 따졌다. 나는 자주 어울려 놀던 또래들에 비해 한두 살 어렸다. 한두 학년 아랫반임은 물론이었다. 그 애들은 나이 들면서 나를 자기들 놀이에 끼워주지 않으려고 했다. 그렇다고 나보다 어린애들하고 놀기는 싫었다. 내가 밑지는 느낌이듯이 그들도 아마 내게 그랬을 것이다. 나는 자연 그들에게 따돌림을 받았다. 또래들은 일없이 몰려다니곤 했다. 종일 산으로, 들로 뛰어다녔다. 방죽에서 방개를 잡으며 물놀이를 했고, 옥수수, 수박, 참외 서리를 했다. 메뚜기를 잡아 구워 먹기도 하고, 심심하면 목청껏 노래를 부르기도 했다. 윷놀이, 화투놀이로 술래가 김치와 밥을 훔쳐 와 볶아먹는 일로 겨울을 보냈다. 나는 그들 사이에 눈치껏 끼어들곤 했다. 병든 병아리가 멀쩡한 촌닭들을 쫓아다니며 놀아주길 구걸하는 짝이었다.

눈이 흐벅지게 내린 어느 날이었다. 경애네 집 윗방에 모여 무슨 게임인가를 했는데, 공교롭게도 내가 술래가 되었다. 지금 생각하면 나를 영영 떼어놓을 작정으로 그들끼리 짜고 나를 술래로 꾸몄던 것 같다. 그때 디스코가 한창 유행했는데 벌칙으로 나에게 디스코를 추라는 주문이었다. 나는 온몸에서 땀이 바작바작 나기 시작했다. 디스코라니. 나는 몸을 흔들어보기는커녕 구경할 기회조차 없었다. 또래들의 아우성에 얼떨결에 일어서긴 했지만, 나는 병든 닭처럼 멀뚱거리며 서 있었다. 모두 나를 바라보고 있었고, 어서 하라는 재촉의 눈빛만 초롱초롱했다. 암담했다. 나는 누군가에게 간절하게 도움을 청하는 심정이었다. 그러나 냉정한 심사위원처럼 아이들의 시선은 냉혹했다. 나에게로 향한 수십 개의 눈망울을 의식하며 나는 쩔쩔맸다. 아이들은 '원에이티켓' 노래를 부르기 시작했다. 오오오오, 예예예~~~~ 원에이티켓 원에이티켓~~~ 띠리리리띠리리~~~

나는 어디서부터 어떤 부위를 흔들어야 할지 움직일 듯 움직일 듯 몸을 움찔거렸지만, 한 치도 앞으로 나아가질 못했다. 그때 조복희가 벌떡 일어나 동그란 원 안에 갇힌 내 앞에 섰다. 그녀는 발을 굴러 뛰고 뒤틀고 도리뱅뱅이를 치기 시작했다. 나는 그녀의 몸동작을 따라 하며 어설픈 도리뱅이를 쳤다. 지금 생각하면 무당춤이었다. 춤이라면 굿판에서 본 무당춤이 전부였다. 아이들이 저마다 배꼽을 틀어쥐고 방바닥에 떼굴떼굴 뒹굴었다. 팔과 다리, 그리고 허리와 머리가 따로 돌아가는 내 어설픈 몸동작이 어디서도 볼 수 없는 기이하면서도 요상스러운 몸짓이었을 것이다. 나는 아이들의 폭발적인 웃음이 나를 대단히 지지하는 것이라고 여기며 더 열심히 떡방아 짓을 하고 도리뱅뱅이를 쳤다. 춤이 끝났을 때, 내 몸은 온통 땀으로 젖어 있었다. 그렇게 나는 그들의 대열에 당당하게 낄 수 있었다. 기묘한 쟁취였다. 그날 밤 나는 심한 몸살에 시달렸다. 어쩌면 허탈감 때문이었는지 모른다. 나는 그렇게 아부 비스무리하게 그들 틈에 끼었는데 조복희는 콧방귀를 뀌며 비웃었다.

벼엉신들, 꼴값 떨구 있네. 친구찌리 나이는 따져 뭐한다?

그녀가 전화를 걸어온 날은 11월 마지막 주말이었다. 그녀의 주선으로 고향 친구들이 모두 모이게 되었다. 장소는 신탄진, 그러니까 지금은 대전시로 편입된 대덕단지 근처였다. 몇십 년 만에 만난 첫 모임 치곤 분위기가 사뭇 살벌했다. 그녀의 강압적인 제안으로 만난 40대 여인들의 표정은 겉으로는 웃고 있었지만 누가 봐도 어색하고 불편한 자리라는 것이 역력했다. 반가움보다는 냉기가 돌았다. 모임에 안 나오면 어릴 때의 비밀을 남편들에게 폭로하겠다는 그녀의 으름장에 나왔다는 자영이의 귀띔에 나는 고소했다. 그들은 모두 긴장한 눈치였다. 나는 복희에게 어금니를 꽉 물고 나무라는 시늉으로 눈을 치떴지만, 그녀는 콧구멍을 벌름대며 태연했다. 여섯 명이 모인 그 자리에서 그녀가 앞뒤 문맥에 토를 달지 않고 한마디로 잘랐다.

느덜, 어디 민증까 봐. 얼마나 나이를 더 처먹었는지 좀 뵈줘.

그녀가 척 내놓은 민증에는 나보다 두 살 위였다.

- 특집 〈쇼트 스토리 대전〉《한국소설》 발표

열두 살, 그해 봄

최민초 지음

발행처 도서출판 청어
발행인 이영철
영업 이동호
홍보 천성래
기획 육재섭
편집 이설빈
디자인 이수빈 | 김영은
제작이사 공병한
인쇄 두리터

등록 1999년 5월 3일
(제321-3210000251001999000063호)

1판 1쇄 발행 2024년 10월 30일

주소 서울특별시 서초구 남부순환로 364길 8-15 동일빌딩 2층
대표전화 02-586-0477
팩시밀리 0303-0942-0478
홈페이지 www.chungeobook.com
E-mail ppi20@hanmail.net

ISBN 979-11-6855-283-8(03810)

강원특별자치도 강원문화재단
이 도서는 강원특별자치도, 강원문화재단 후원으로 발간되었습니다.